KB102993

마지막 배웅

마지막 배웅

펴낸날 | 2021년 12월 1일 초판 1쇄

지은이 | 황명자
펴낸이 | 강현국
펴낸곳 | 도서출판 시와반시

등록 | 2011년 10월 21일 등록(제25100-2011-000034호)
주소 | 대구광역시 수성구 지산로 14길 83, 101-2408호
전화 | 053) 654-0027
전자우편 | khguk92@hanmail.net

ISBN 978-89-8345-128-6 03800

마지막 배웅

황명자

시와반시

| 프롤로그 |

가수가 되고 싶었고, 화가가 되고 싶었고, 수행자가 되고 싶었던 아이. 열심히 문주란의 〈동숙의 노래〉를 불러재낄 때마다 노래 잘한다는 소리를 곧잘 들었던 아이. 스물셋에 승려가 되겠다고 절로 들어갔다가 하산했다. 뜻대로 되는 일이 없었다. 삶이 허공을 떠다닐 때 시인이 되어 있었다. 그 뒤로 너무 많이 올라와서 내려갈 엄두가 나지 않는 악산처럼 너무 오래 시에 매달려 있어서, 돌아가기보다 내친김에 그냥 가보려고 한다. 한 세월을 통편집하듯 어떻게 내보내겠는가.

쑥스럽게도 시집에서 못다 한 이야기들을 산문집이란 이름으로 묶어보았다. 동적 집, 나무, 사람 그림(KHTP)을 그리듯 네 개의 그리움을 그 안에 담아놓았다. 마음이 아픈 모든 이들이 위로받았으면 좋겠다.

2021년 겨울 황명자

| 차례 |

2부 | 그리다

3부 | 기다리다

4부 | 바라다

―

1부

―

아련하다

기억 속 아버지

1

아버지는 내가 열세 살 되던 해 세상을 뜨셨다. 열두 해 동안 반은 부재중이었던 아버지. 내 마음속에는 함께 한 추억보다는 짧은 기억 몇 편이 조각처럼 남아 있는 정도이다. 어려서이기도 하지만 억지로 기억을 지워버린 탓도 있다. 아버지를 추억한다는 건 판도라의 상자를 열기보다 더 두려웠으니. 나에겐 쓸쓸함으로 남아 있던 기억들을 소환한다는 것은 적어도 돌아볼 여유가 생겨났다는 것이다.

2

아버지는 늘 한복 바지저고리에다 마고자를 입고 다니셨다. 한 번도 양복 같은 기성복을 입고 다니는 모습을 보지 못

했다. 관공서를 출입하거나 중요한 자리에는 두루마기를 꼭 덧입고 드나드셨다. 머리에는 삼베 빛깔 도는 빳빳한 중절모를 깔맞춤 한 듯 쓰고 도포자락 휘날리며 집 밖으로 나가실 때면 매우 위풍당당해 보이셨다. 한때 군정 일도 보셨다는 아버지. 요즘 같으면 의회에서 한 끗발 날렸을 것이라고. 어렴풋하지만 아버지의 자리가 느껴졌던 순간이다.

3

아버지가 거처하던 방은 정미소 원동기실을 돌아 정미소 외벽에 붙여 지은 외양간이 딸린 방이었다. 방 아궁이에 쇠죽솥을 걸어놓고 쇠여물 죽도 끓이고 여불에 양미리도 구워 먹고 감자도 익혀 먹었다. 엄마가 썰고 남겨준 국수 꽁지도 구워 먹었다. 달걀 주둥이만 깨고 빈 달걀 속에 불린 쌀을 넣고 밥도 익혀 먹었다. 달걀이 귀하던 시절, 껍질 안에 붙은 달걀 흰자와 쌀이 섞여 고소하니 맛났던 기억이 난다.

아버지는 꼭 안채 마당을 거쳐 가족들에게 인사를 챙겨 받으시고서야 원동기실을 돌아 비틀걸음으로 당신 방으로 들어가셨다. 정미소 앞에서 왼쪽으로 바로 돌아가면 훨씬 가까운데도.

그렇게 아버지란 존재를 식구들에게 각인시키고 싶으셨던 게다. 그러면 온 집안은 소등되었다. 해가 가는 방향 따라 커졌다가 작아졌다가, 아버지란 존재는 그림자 같다는 생각이 들었다.

4

아버지는 한시漢詩를 즐겨 읽으셨다. 나중에 안 사실인데 한시를 써서 전국 대회에 나가 장원도 하시고 유생들끼리 자주 교류를 가졌다고 했다. 나중에 문집도 내고 했다는데 지금은 한 권도 보존되어 있지 않다. 무지의 소치 같아 후손으로서 부끄럽다. 그때만 해도 집에 선비입네 하는 사람들이 많이 들락거렸던 것 같다. 참고로 아버지가 살아계셨다면 109세가 된다. 일제 강점 초기에 태어나셨으니 부끄럽지만 양반입네 내세우고 다닐 만했던 모양이다.

엄마는 간간이 밀주를 담가놨다가 유생들을 대접하곤 했다고 한다. 단속반이 떴을 때, 밀주단지를 이고 부엌문을 나오면서 일부러 넘어지는 척하며 밀주 단지를 깨뜨린 일화는 가문의 무용담처럼 전해진다. 증거인멸의 지혜를 발휘한 엄마의 무용담은 그 밖에도 많다. 수십 년 뜸했다가 큰아들 회갑연 때 술을 담갔던 엄마. 그 뒤로는 엄마의 술맛을 다시 볼 수 없게 되었다.

5

안마당에서 원동기실을 돌아가면 닭장이 있다. 지나갈

때마다 푸드덕거리면서 올라오던 닭 냄새가 싫어서 코를 막고 재빨리 지나다녔던 기억이 난다. 닭장을 지나 모퉁이를 돌면 아버지 방이 있다. 방과 붙어 있던 외양간이 어느 날 방으로 변했다. 키우던 소가 그만 죽고 말았다. 소 달리기 대회에서 셋째 오빠가 타고 나갔다가 농기구로 부상을 받아오곤 했던 멋진 소였는데 무척 마음이 아팠다. 외양간은 몇 해 동안 우시장 장꾼들에게 대여되었다가 방으로 리모델링한 것이다. 사라진 외양간처럼 아버지도 곧 이승에서 사라지셨다.

이제 아버지 방은 한 방을 썼던 넷째 오빠 차지가 되었다. 새로 만든 방은 셋째 오빠 신접살림 방으로 차려졌다. 새로운 시작은 집안의 보이지 않는 균열을 가져왔다. 아버지의 부재와 함께 내 학업이 중단되었고 엄마의 인생길이 더 고달파졌다.

6

이제 난 닻 없는 항해사처럼 망망대해로 나아가야 했다. 어린 내가 탄 배는 갈 곳을 잃어 좌초하고 말 것이다. 난 초등학교를 최고학력으로 이력서에 적을 뻔했다. 아버지는 어쩌면 내 뒷배였는지도 모른다. 아버지가 돌아가시자마자 난 단두대에 오른 사형수처럼 불안한 생의 연속이었다. 다행히 한 해를 구워 먹고 중학교에 진학했다. 잊혀진 존재로 이 집 저

집 전전하다가 초등학교 때 선생님 한 분이 여중학교 급사를 뽑는데 급사가 되면 학교를 다닐 수 있다고 했다. 난 학교 가는 건 싫었지만 무관심한 가족에게 오기가 생겨 급사로 가겠다고 큰오빠에게 말했다. 어린 나이에 가장이 된 오빠는 그제야 콩알만 한 동생이 눈에 들어온 모양이었다. 한 해 후배들과 같이 중학교에 진학할 수 있었다. 순탄하지만은 않은 항해의 시작종이 울렸다. 중학교 3년 내내 왕따 아닌 왕따였다. 후배들과 친구로 지낸다는 게 자존심이 허락하지 않았다. 악착같이 버틴 게 후회가 된다. 훌훌 털고 나왔더라면 인생이 바뀌었을까? 나는 많은 사색과 공상으로 중고등학교 6년의 시간을 죽였다. 지금 생각해보니 그때가 시를 쓰는 사람으로 살게 해준 원동력이 되었던 것 같다. 아버지 덕분이다.

유년幼年을 꺼내보다

"오빠야, 이거 방금 눈 거다. 퍼뜩 싸라!"

긴긴 일요일에, 그것도 오일장이 서는 날이면 너무나 심심한 나머지 어린 남매가 짜낸 머릿속 계획은 오직 하나. 장에 오가는 사람들 골탕 먹이자는 것이었다. 먹을 것이 귀하던 시절, 누런 포대 종이에 노끈으로 얌전히 묶어 길 가운데 놓아두면 누구나 선뜻 집어 들었다가 봉변당하곤 했던 그것은 김이 모락모락 나는 시루떡이 아니라 우리 집 누렁 황소가 금방 싸놓은 다름 아닌 쇠똥이었다. 손에 똥칠갑을 한 채 어쩔 줄 몰라 하는 사람들을 보면서 남매가 배를 잡고 웃던 기억이 난다. 사십여 년 지난 지금도 떠오르는 건 사무치는 향수鄕愁 때문일까? 유년의 기억들은 추억으로 남아 때때로 가슴 뭉클하게 한다.

우리 집은 길갓집에다 정미소를 했다. 덕분에 참새 방앗간처럼 오가면서 들르는 사람들이 많았다. 오일장이 서는 날이면 으레히 곡식을 찧으러 오는 사람들과 장꾼들이 겹쳐 도떼기시장 같았다. 동쪽으로 영해, 창수, 무창, 화천 등지에서 장 보러 오는 사람들이 오리길 남짓 남은 읍내 장터로 가려면 우리 집은 쉬어가기가 알맞은 거리였다. 우리 집은 장날이면 북적였던 기억이 난다. 그럴 때면 난 가끔 탈출 아닌 탈출을 했다. 평소 같으면 정미소에서 일하던 셋째 오빠가 열 번은 더 이유 없이 불러댔을 것이다.

그땐 차가 귀했던 때라 다른 면 사람들이 군소재지에 있는 우시장에 소를 팔러 오려면 직접 소를 몰고 걸어와야 했다. 소를 몰고 걸어서 우시장까지 가기엔 하루는 꼬박 걸리는 거리다 보니 소가 지쳐서 살이 내리는 건 당연한 이치였다. 살이 내리면 제값을 못 받기 때문에 한 보름 전에 미리 소를 맡겨 두었다가 토실토실 살이 오르면 장날에 내다 팔 작정인 것이었다. 우리 집은 동네에서 유일하게 외양간이 있어서 미리 소를 맡겼다가 찾아가는 사람들이 한 장마다 한 마리는 있었다. 그 바람에 엄마는 우시장에 오는 소주인의 숙식까지 책임져야 했다. 부모님은 그 값으로 얼마의 대가를 받았는지는 모르겠지만, 막내 오빠 역시 수월찮게 돈을 만졌다는 것을 중학교 들어가서야 알았다. 두 살 터울인 오빠와 나는 두어 해 가까이 방과 후면 그 소를 몰고 풀 먹이러 가곤 했는데 그 시간은 그나마 자유가 주어진 것 같았다. 고삐 풀린 소를 잡느라 애는 먹었지만 그 순간만 빼면 내 영혼도 소처럼 고삐 풀린 망아지가 되었다. 도망가는 소를 잡으려다 넘어져서 팔꿈치며 무릎이며 성할 날이 없었는데, 그때마다 오빠는 빨리 뛰라고 고래고래 소리만 질러댔다. 오빠는 소리 지른 값으로 용돈을 벌었다. 그 돈은 고작 엿가락을 사 먹거나 구슬 사모으는 데 쓰였을 테지만 나에겐 10분의 1 정도 주었으려나? 기억에 없는 셈이 되고 말았다.

경상북도 영양군 영양읍. 하원1리 337-5번지 내 고향집 지번이다. 이제는 삶의 흔적도 없는 지번이 되고 만 곳. 다섯 가구가 길 하나를 사이에 두고 왕래하던 씨족 같은 동네였다. 읍에서 동쪽으로 오 리쯤 올라가다 보면 오른쪽에 있는 정미소가 우리 집이었다. 파초가 빈 울타리 밖으로 팔을 뻗고 칸나가 붉디붉은 심장을 내보이며 키재기 하듯 서 있는 앞마당은 아담하지만 꼭 필요한 공간이었다. 곡식 타작은 물론, 해질 무렵, 멍석 하나면 여름 마당은 노천 거실이 되었다. 온 가족이 모여앉아 저녁도 먹고 방 안이 더워서 싫든 좋든 여름밤을 보내노라면 밤 깊어가는 줄 모를 때가 많았다. 나는 주로 밤하늘의 별을 보며 외톨이처럼 공상에 젖다가 잠들곤 했던 기억이 난다. 아침에 일어나 보면 방 안이었다.

우리 집을 기점으로 더 위로는 한내大川마을이 강을 끼고 있고 산간지방이라 지명들 또한 달밭골, 지무실, 배바들, 자라목 등 산과 어우러져 부르기도 정겹다. 더 위로 창수령이 있고 넘어가면 영덕군이다. 영해는 영덕군에 속해 있는데 대부분 장날이면 영해에서 넘어오는 생선 같은 해물이나 젓갈류 등이 장터와 시외버스정류장에서 성시를 이루었다. 북쪽으로 조지훈 시인의 생가가 있는 주실마을, 반딧불이가 살 정도로 청정한 수비 수하마을이 나온다. 이 일대에 있는 소나무들은 특이하게도 모두 적송들이다. 아마도 봉화 춘양목의 영향을 받은 것 같다. 동쪽이나 북쪽 모두 바다와 인접해 있어서 해산물이 흔한 곳이 영양이기도 하다. 청량산, 함백산, 태백산 등도 가까워 봄가을로 등산객들이 영양을 거쳐 가기도 하고, 일월산을 찾는 이들도 더불어 많다. 특히 일월산은 골이 깊어 산나물이 많다. 봄이면 산나물을 뜯기 위해 많은 인파가 몰려든다. 일월산은 무속신앙이 깃든 산이기도 하다. 대전의 계룡산처럼 기도를 하고 가면 영험이 있다고 하여 많은 무속인들이 일월산을 찾는다. 특이하게도 그 주변의 절들은 모두 무속과 관련이 깊다. 일월산 정상에 있는 '황씨 부인당' 도 이런 맥락으로 보면 된다.

도시에 나와 살면서 고향이 어디냐고 묻는 사람들이 많다. 왜냐 하면 억센 경상도 북부지방 사투리를 쓰기 때문이다.

사십여 년이 지난 지금도 나는 고향 사투리를 떠나지 못한 채 만나는 이마다 고향을 묻게 한다. 그런데 처음 대구로 나와서 고향이 어디냐고 물었을 때 '영양'이라고 하면

"거기가 어디지? 안동은 아는데."

하는 사람들이 대부분이라 그 뒤로는 설명하기가 귀찮아서 그냥 안동 근교라고 대답하기가 쉬웠다. 시인으로 등단하면서 출생지를 영양으로 밝히게 되자, 그동안 잠깐이라도 고향을 꺼려했던 게 고향분들이나 고향에게 죄송스러웠다. 그만큼 영양은 오지였고 스산한 기억들이 산재해 있기도 하다. 덜컹거리는 길을 빠져나와 안동까지 두 시간, 아스팔트 길을 달려 대구까지 두 시간 반을 버스에 시달리고 나면 며칠은 차멀미가 남아 있을 정도였다. 경북의 오지를 꼽으라면 봉화 다음으로 영양이다. 그러던 것이 고속도로가 생기면서 버스로도 세 시간 미만이고, 승용차로는 두 시간여 정도면 갈 수 있는 거리가 되었다.

영양은 특산물인 고추가 알려지면서 어느새 명소가 되어 있다. 어느 해던가 친한 문우와 영양을 가는데 천지가 초록으로 출렁이는 고추밭과 담배밭들을 보고 깜짝 놀라던 기억이 난다. 지금은 담배농사보다 고추농사가 주를 이루는 영양이지만, 내가 어릴 때만 해도 담배농사를 짓는 집이 열 집 가운데 아홉이었다. 자라면서 맵고도 알싸한 담뱃잎 내음에 늘 빠

져 지냈으니 오죽했으랴. 게다가 놀이터가 정해져 있지 않은 시골 아이들의 놀거리란 게 숨바꼭질이었는데, 술래 말고는 담뱃잎을 찌기 위해 지은 황초굴에 숨어들곤 했다. 마치 동굴 같은 황초굴에 숨어들면 술래가 찾아내기에 여간 힘든 게 아니었다. 게다가 황초굴은 내 비밀 아지트이기도 했다. 어린 날 추억을 떠올릴 때마다 황초굴이 꼭 등장한다. 그만큼 황초굴은 어린 날, 지리멸렬했던 시간을 잠시나마 벗어나게 해준 나만의 황금 같은 공간이기도 하다.

요즘 인터넷이나 신문에서 사라져 가는 시골 풍경으로 황초굴을 보여 주자, 외지인들은 일부러 황초굴이 있는 집을 사서 개조한다는 소식을 들었다. 그 얘길 듣는 순간, 옛집에 있던 황초굴이 생각났고 이미 사라진 것에 대한 안타까움과 옛것에 대한 애착이 생겨났다.

'엄마 없다' 놀이에 열중하는 개에게
"엄마 없다!" 외칠 때마다
엄청난 쾌감이 봇물처럼 터진다
허둥지둥 쫓아와 주인 찾느라
이리저리 킁킁거리는 저 개는
놀이에 불과한 내 맘과 달리
단순한 감정이 아니다
혼자 남음에 대한 불안과

사라진 의지

난 즐기기만 하면 돼!
어린 날 두고 언제나 부재중이던
엄마에 대한 복수라고 해 둘까,

온통 나에게만 쏠려 있어
때때로 부담스러운,
말 못 하는 짐승에게
내가 아니면 아무것도 아닐 거라는,
사람을 우쭐하게 하는,
바로 엄마만 느낄 수 있는 감정을 갖게 하지
우리 엄만 일한다는 명목으로
어린 내 곁에 늘 없었고 내 눈엔
이리 떼 같은 오빠들만 득시글거렸는데
이 엄만 네 곁에 있잖니?

개의 관심은
있어서 존재감을 느끼기보다
없어서 잊혀짐이
더 절실하다는 것을 알게 될 때까지
반복될 것이지만

— 졸시, 「불과한 놀이」 전문

어린 날, 나는 몸도 마음도 시베리아 벌판이었다. 칠 남매의 막내로 태어난 나는 사랑보다는 천덕꾸러기로 어린 시절을 보냈다. 오빠, 언니들은 제각각 바쁘다는 핑계로 정미소 잔심부름은 내 차지였고, 초등학교 6학년 때까지 호롱불 밑에서 지내야 했기에 문화생활은 고작 트랜지스터 라디오를 오빠들 몰래 훔쳐 듣는 게 고작이었다. 간간이 읍에 내려가 군립도서관에서 책을 빌려봤던 기억은 난다. 그래서 늘 채워지지 않는 욕구를 공상이나 글쓰기에 쏟았다. 초등학교는 어린 나에게 멀고도 먼 거리여서 겨울이면 칼바람이 쌩쌩 부는 문고개를 넘고 국개들판을 가로질러 가야 하는 게 너무나도 끔찍했다. 한 번은 국개무논에 빠져 옷이 다 젖어 집에 갔더니 놀다가 물에 빠진 줄 알고 부모님 대신 셋째 오빠가 무작정 혼을 내는 바람에 말도 못하고 구석에서 눈물을 훔치기도 했던 기억이 난다.

나는 늘 마음 한구석이 허기져 있었다. 그토록 마음이 허허로웠던 이유는 벼랑 끝에 선 것 같은 절망감에서 헤어나고 싶은 갈망이 늘 솟구쳤기 때문인 것 같았다. 초등학교 때부터 시인이 되고 싶었던 나는 끊임없이 탈출을 꿈꾸었으니. 스무 살이 다 되어서야 문학이라는 거창한 빌미를 내세워 겨우 우물 안을 빠져 도시로 무작정 헤엄쳐 나온 올챙이가 될 수 있었다. 나는 다시는 고향에 돌아가지 않으리라 굳게 다짐했다.

행복한 후회

살아가면서 누구나 "그땐 왜 그랬을까?" 하고 후회 아닌 후회를 하게 된다. 아니면 "그때가 참 행복했었지." 하며 자조 섞인 푸념을 늘어놓기도 한다.

청소년기를 산골에서 보내는 동안 나는 언제나 행복을 찾아 떠나기 위한 탈출을 꿈꾸곤 했다. 지금 생각하면 그 시절이 행복했던 시기인 줄 모르고. 물론 감나무 밑에서 입 벌리고 누워 감 떨어지길 기다리는 어리석은 공상이었지만 순간순간 내 꿈이 이뤄지는 상상 속에 빠져 살았으니 요즘처럼 바쁜 청소년들은 꿈도 못 꿀 호강이다.

내 꿈은 유명한 시인이 되는 것이었다. 중학교 때 우연히 오빠가 도서관에서 빌려다 놓은 『세계의 명시를 찾아서』란 시집을 보고 나서였다. 평소에 염세주의에 빠져 있던 나는 랭보나 에즈라 파운드에 특히 끌렸다. 「지하철 정거장에서」

라는 파운드의 시는 실로 충격적이었다. 물론 이 시는 이미지즘 계열의 시였지만 미국을 정신병원이라고 욕한 그의 과감한 정신세계에 나를 충분히 빠져들게 했다.

"군중 속에 서서 홀연히 나타나는 이 유령 같은 얼굴들,

축축한 검은 가지에 핀 꽃잎들."

뜻은 잘 몰랐지만 뭔가 대단한 느낌이 블랙홀 같은 데로 날 끌어당겼던 것만은 확실했다. 그 뒤로 나는 되지도 않는 시 쓰기에 온 시간을 허비했다. 간간이 즐거운 공상에 빠지면서 우물 안 개구리식의 세계를 만들어 나갔다.

이렇듯 시인의 꿈을 공상으로만 꾸기엔 시간이 모자랐다. 고등학교를 갓 졸업하고 대학은커녕 변변한 돈벌이조차 없이 견딘 걸 보면 그 꿈은 무척이나 날 행복하게 한 듯하다.

드디어 청운의 꿈을 안고 고향산천을 뒤로 한 채 대구로 향할 땐 금의환향은 아니더라도 내 발로 당당하게 시인이 되어 돌아오리라 맹세했다. 가족의 품을 떠나 시외버스에 오르는데 눈물 한 방울 흐르지 않았고, 혹시 맘 변한 큰오빠가 잡으러 오는 건 아닐까 하는 조바심에 오히려 뒤도 돌아보지 않고 버스 떠나기만 종종거리며 애태웠다. 대구에 첫 발을 내디딘 날, 원래 계획대로 해야 할 취직보다는 머릿속엔 온통 시를 써야 한다는 생각만 가득했다. 당연히 눈 가리고 아웅 하는 격으로 도서관을 들락거리는 시늉만 했다.

그러던 중, 큰오빠에게서 연락이 왔다. 보일러 수출회사인데 경리가 필요하다는 것이었다. 월급도 15만 원이나 준다는 것이었다. 그 때 시내버스요금이 대학생 70원 할 때였다. 나는 대학생 친구들에게 부탁해서 학생 버스표를 사서 버스를 타고 다녔던 기억이 난다. 대부분 공장 경리 월급이 7, 8만 원, 경력이 있으면 좀 더 주던 시절이었다. 인문계를 나온 데에다 숫자 개념이 희박한 나로선 경리란 직업이 석 달 열흘 앓은 두통보다 싫고 끔찍했지만, 정황상 거절할 수 없어서 울며 겨자 먹기로 입사 아닌 입사를 했다. 회사란 게 고작 스무 평도 안 되는 사무실이었다. 공장은 따로 있고 사무실에선 출고 업무만 본다고 하였다. 큰오빠 체면도 있고 어린 마음에 좀 다니다가 적성에 맞지 않으면 때려치우면 그만이라는 생각으로 면접을 보고 바로 다음날 출근을 했다.

때는 바야흐로 봄날이 나른하게 깊어갈 무렵이었다. 우리 집은 서문시장 근처였고, 사무실은 섬유회관 건너편 골목에 있어서 차비도 아낄 겸, 걸어서 출퇴근을 해야겠다는 생각으로 아침 여덟 시 반쯤 집을 나섰다. 버스 한 코스에 걷는 게 반이니 걸어가는 게 시간 절약도 되겠다 싶은 계산이 섰기 때문이기도 했다. 하지만 원래 밤잠이 없던 터라 아침 출근길은 물에 빠진 솜뭉치처럼 몸도 마음도 무겁기만 했다.

사장은 세상 물정 모르는 순박한 얼굴로 나를 반겼다. 그는 고등학교 2학년 때 출가를 해서 승려로 살다가 불과 환속한 지 몇 년 되지 않는 삼십 대 중반의 사내였다. 물론 부인을 만나는 바람에 파계를 한 유부남이었다. 그러고 보니 약간 어수룩하면서도 카리스마가 느껴지는 관상이었다. 게다가 지나치게 관대한 업주였다. 지각을 해도, 무뚝뚝하게 전화를 받아도, 언제나

"좀 일찍 오지?"

"조금만 친절하게 받아봐."

빙그레 웃는 게 끝이었다. 그 웃음이 너무 싫었다. 어느 날은

"네, XX공사입니다."

무뚝뚝하게 받으니

"다시 걸 테니 받아봐."

했다.

"네, XX공사입니다."

이번엔 좀 더 톤을 올려 받았더니

"어, 이제 좀 낫네. 인제 그렇게 받아!"

기분 좋게 끊는 것이었다. 게다가 내가 못하겠다고 하면 자신이 직접 타이핑도 하고 은행도 다녀왔다. 그때마다 나는 책 속에 빠져 있었다. 밤이면 친구들과 중심가를 돌아다니며 월급을 유흥비로 야금야금 축내곤 했다. 음악실에 드나들면서 버린 돈도 제법 되었다. 어느새 내 문화의 산실은 바로 동

성로나 중앙로 일대가 되어 있었다. 직장이 그곳과 가까웠다는 게 가장 큰 이유였고, 그 나이 땐 누구나 변두리보다는 중심가에서 얼쩡대는 게 멋스러워 보였기 때문이었다.

그렇게 서너 달쯤 지났을까? 너무나 무의미한 날들에 대한 반항심이 가슴 밑바닥에서 솟구쳐 올랐다. 겨우 독수리타법으로 마라톤 타자기 자판을 익혀갈 무렵이었다. 그 덕분에 나는 타자기로 시를 쓸 수 있게 되었고 더 나아가 전동타자기, 컴퓨터 자판을 두들길 수 있게 되었다.

그날 밤, 중앙로를 배회하면서 친구들과 코가 비뚤어지도록 술을 마시면서 인생의 허무함을 토로했다. 당연히 다음 날로 그 직장은 종 쳤다. 사흘을 무단결근하고 사표를 내려고 사무실로 삐죽삐죽 들어서니 직원들은 기가 막혔는지 멀뚱멀뚱 쳐다만 봤다. 처음이자 마지막 조직생활에서 해방되는 순간, 사장의 한마디

"계속 다니면 좋을 텐데 나가면 뭐할라 그래?"

였다.

"대학 갈 거예요."

단호하게 대답했더니,

"열심히 해 봐."

하며 역시 빙그레 웃기만 하던 사장의 얼굴이 지금은 가물가물하기만 하다.

지금 생각하니 한심해서 흘린 비웃음 같기도 하다.

그 뒤로 나는 정식으로 입사한 경험이 없다. 시인이 되면서 궁여지책으로 아이들에게 글쓰기를 가르치는 업을 십수 년 했지만 마음은 언제나 자유로운 백수였다. 그 몇 달이 나에겐 들끓는 청춘을 잠시나마 식혀 준 단비가 아니었나 싶다. 그 시절이 없었더라면 인생의 맛을 어디서 볼 수 있었겠는가? 비록, 더는 취직을 한 적 없지만, 어쩌다가 이력서를 쓸 일이 생기면 그 경력 하나가 곧잘 훈장처럼 얹히곤 했다. 아마도 그때가 잊지 못할 청춘의 한 장이었기 때문이리라.

기억은 짝사랑 같은 것

기억이란 짝사랑처럼 일방적일 때가 많다. 나는 기억하는데 상대방은 전혀 모르쇠일 때가 많으니. 어쩌면 기억이란 가해자보다 피해자가 오래 간직하는 경우가 많고, 베푼 쪽보다 받은 쪽이 오래 기억하는 예가 많다.

내 경우는 그런 것 같다. 평생 고마움을 모르는 파렴치한도 있지만 나는 받은 게 너무 많다. 아무튼 기억 하나를 소환해 보자면 나에 대한 존재조차 모르고 사셨을 선생님들과 얽힌 이야기이다. 결국 기억이란 덜 가진 자의 몫이겠지만 나에게 꿈을 심어 준 소중한 분들이라 잊을 수 없다.

초등학교 4학년 때였다. 담임선생님께서 우리 반 아이들에게 커서 어떤 사람이 되고 싶으냐고 물으셨다. 나는 시인, 혹은 예술가가 되고 싶다고 했다. 괜히 거창해지고 싶은 마음에서였을까? 나는 신이 나서 한용운 스님 같은 분이 되어 시도 잘 짓고 나라에 꼭 필요한 사람이 되고 싶다고 한 것으로 기억된다. 매우 확신에 찬 대답이었지 싶다. 아니면 시인이나 화가가 되어 우리나라를 대표하는 예술가가 될 것이라고 해서 선생님의 칭찬을 들었다. 잘난 척한다고 친구들은 비웃었지만, 내 꿈은 그 순간 확고했다. 애국심을 교육의 지표로 삼았던 때라 내 의식이 바람직하다고 믿었다. 어릴 때부터 오빠, 언니들의 영향을 받아 닥치는 대로 책을 읽다 보니 나도 모르게 웃기는 정의감이나 교과서적인 예술혼이 생겨났던 것 같다.

그 뒤로 내가 한 말에 책임을 지기 위해서라도 불의를 보면 참지 않았고, 책 읽기와 글쓰기, 그림 그리기 등으로 예술가의 꿈을 키워 나갔다. 내가 존경하는 인물은 학년이 올라가면서 자꾸만 바뀌었지만, 여전히 예술가는 내 환상이었다.

고학년이 되자 꿈을 향해 돌진이라도 하듯 문예부에서 활동을 했다. 어느 날, 문예부 담당 선생님께서 내 시를 칠판에 적어놓고 아이들에게 잘 쓴 시라고 칭찬과 함께 박수갈채를 보내 주셨다.

내가 이렇게 시인이 될 줄 알았으면 그 시를 잘 간직해 둘 것을. 누가 들으면 좀 우습긴 하지만 잃어버린 일기장처럼 조금의 아쉬움이 남는다. 그때부터였지 싶다. 환상이 아닌 실천을 하는 꿈을 좇아가기 시작했던 것이. 그 선생님은 나를 기억 못 하실 뿐더러 당신이 내 꿈을 키워 준 나의 정신적 지주임은 더더욱 모를 일이다. 한 번도 그 선생님을 찾아가거나 내 꿈에 대해서 언급한 적이 없었기 때문이다. 소심한 성격 탓에 속으로만 설레고 기뻐했다.

그 뒤로 성향은 다르지만 김소월, 김수영 시인, 이중섭 화가, 피카소, 달리, 칸딘스키 등의 시와 그림에 빠져 청소년기를 보냈다. 한 우물을 파야 성공한다는 생각은 들었지만 그때만 해도 화가가 되고도 싶었고 시인이 되고도 싶었다.

고등학교 2학년 때 선생님 한 분이 학년 첫 수업 때 아직은 꿈을 여러 개 가져야 한다고 하셨다. 실패와 실수를 거듭하고 나서 자신과 맞지 않는 꿈을 하나씩 접고 마지막 남은 꿈을 향해 노력하면 꿈은 이루어진다고 하셨다. 난 그 말을 믿고 두 개의 꿈을 꼭 쥐고 있어 보았다. 선생님 덕분에 내 꿈을 이룰 수 있었는데 역시 인사를 드리지 못했다. 그 선생님도 자신이 한 말을 기억하실지 모르겠다.

성년을 맞자, 세계는 넓어졌고, 이미 작고한 예술가에서 현존하는 예술가 쪽으로 마음이 기울기 시작했다. 그들을 만날 수 있는 기회 또한 생기게 되었다. 내 꿈 역시 막연한 예술가에서 시인으로 좁혀졌고, 시인들과의 교류가 시작되었다.

마지막으로, 우물 안 개구리처럼 시 안에 빠져 지내던 나에게 시를 쓰기 전에 먼저 인간이 되어야 한다고 깨닫게 해 준 선생님도 계셨다. 선생님은 나에게 시인의 길을 가도록 이끌어 주신 분이시다. 어린 날 예술을 한답시고 객기에 빠져 지낼 때, 선생님은 시는 객기로 쓰는 것이 아니라 집을 짓듯 한 단계 한 단계 정성스레 지어나가야 한다고 하셨다. 한 날 한 시 언제나 한 마음으로 내 시를 꾸짖어 주시던 선생님이 계셨기에 이 정도로나마 살아갈 수 있다고 본다.

나는 그분들이 나를, 나에게 보여 주신 말이나 행동들을 기억 못 하시더라도 그분들의 한 말씀 한 말씀을 계단 오르듯 차근차근 따라 올라가려고 애쓰고 있다. 누군가에게 나는 기억되지 못하더라도 삶의 지침이 되어 줄 말 한마디 남겨 주었다면 참으로 올바른 삶을 보냈다고 할 수 있을 것이다. 상담을 하면서 아이들에게 꼭 하는 말이 꿈을 가지라는 것이다. 꿈이 있으면 좌절하더라도 다시 일어설 수 있는 용기가 생긴다고. 행여 내 말 한마디에 삶이 긍정적으로 바뀌어간다면 나에게 희망을 심어준 선생님들처럼 누군가에게 좋은 본보기가 될 수 있을 텐데. 문득 나는 어떤 사람으로 기억되었을지 부끄럼이 밀려든다.

아버지란 이름

"예끼, 요년!"

아버지는 내 철없는 장난질에 늘 이렇게 헛손질하시며 한마디 내지르셨다. 아버진 내가 가장 무서워하던 교장선생님보다 더 엄하고 두려운 존재여서 감히 장난 걸기가 쉽지 않았다. 하지만 난 가끔씩 용기 내어 아버지께 장난을 걸곤 했던 기억이 난다. 저만치 아버지가 한 잔 술에 거나한 비틀걸음으로 걸어오실 때면 얼른 달려가

"아부지, 인제 오시니꺼?"

인사부터 건넸다.

"오냐!"

대답하시기 무섭게 엉덩이를 돌려

"뿌웅!"

방귀를 뀌곤 냅다 도망치곤 했다. 아버지에 대한 소심한 복수였다. 대부분 이런 장난질은 아버지가 한밤중 집으로 들

어오실 때 치다 보니 밤새 가슴 콩닥거릴 때도 있었다. 눈까지 부라리실 땐 조금 수위가 높은 때여서 다음날, 아침 밥상 앞에 앉기가 내심 두려웠다. 아버진 근접하기 두려운 존재였으므로 제법 용기가 필요했다. 특이하게도 아침이면 까맣게 잊어버리시는지 간밤의 일에 대해 언급하지 않으신다. 곰곰이 생각해 보면 막내라 그냥 귀엽게 봐주신 것 같다.

오빠들은 날 이용해서 곧잘 심부름이나 용돈 타내기 등을 시키곤 했다. 기억은 안 나지만 아버지는 특별히 나만 예뻐한다는 말에 으쓱해하면서 난 그 짐을 즐겁게 지곤 했던 것 같다. 따지고 보면 뭘 예뻐했는지 몰랐지만. 똑같은 행동을 되풀이하면서도 언젠간 아버지께서 화를 내실 거라 생각했지만 나에겐 한 번도 꾸중하지 않으셨다. 그런데도 무서웠다.

그날은 중학생이던 언니가 내 행동을 따라 하다가 손등으로 아버지 특허 따귀까지 맞고 난리도 아니었다. 보통 뺨을 때릴 때 손바닥을 사용하는데 아버진 특이하게도 손등으로 뺨을 치셨다. 커서 안 얘긴데 손등으로 맞는 것이 손바닥으로 맞는 것보다 몇 배 더 아프다는 사실. 언니는 얼마나 서러웠을까? 그 당시 언니는 아버지 사랑을 확인하고 싶었던 게 아니었을까?

그런 아버지를 형제들은 은근히 미워했다. 엄마를 힘들

게 한다는 이유에서였다. 엄마는 언제나 하해河海와 같은 마음으로 아버지를 대하셨고 아버지는 그런 엄마가 무척 만만했을 듯도 하다. 여리디여린 여자라기보다 생활력 강한 여장부가 바로 엄마였기에 더 의지하여 가장 역할까지 도맡아 하게 한 것 같다. 아버지란 남편을 만나 사라져버린 여성성을 아버지는 진정 모르셨던 걸까? 엄마를 함부로 대하시는 아버지여서 난 무척 싫었다. 그 때문인지 아버지라고 제대로 불러본 기억이 없는 것 같다. 당신은 본분을 다하지도 않으면서 처자식들에게 강요만 했던 아버지! 무엇이 그토록 못마땅하셨을까? 이제는 물어볼 수도 없는 아버지! 참 낯선 이름이다. 제대로 불러보지도 못하고 떠나보낸 이름이어서 쓸쓸함이 묻어난다.

아버지의 존재란 우리 가족에게 소리 없는 억압 그 자체였다. 발자국 소리만 듣고도 가족들은 뿔뿔이 흩어져 숨기 바빴다. 결국 아버지를 마중하는 사람은 엄마셨다. 첫 마디부터 타박이었던 아버지는 이방인처럼 겉돌면서도 당신의 위치를 가족에게 각인시키기를 잊지 않으셨다. 아버지는 수양산 그늘이 강동 팔십 리를 간다고, 늘 당신 그늘이 없으면 너희들은 아무것도 아니란 식으로 으름장을 놓으셨다. 나는 아버지 없이도 충분히 잘 살 수 있을 거라고 숨죽여 되뇌곤 했다. 원래 고사 지내면 더 오래 산다했는데 아버지는 왜 그리 일찍 가셨을까? 하기야 그때 예순셋이면 젊은 나이는 아니지만 갓 쉰 넘어 혼자된 엄마는 감당하기가 힘든 것 같았다. 의지처가 없어졌으니 천방지축 칠 남매를 어찌 감당했으랴. 어쩌면 아버지 말이 맞는지도 모른다. 아버지의 영원한 부재와 함께 집안의 서열이 무너졌기 때문이다.

엄마는 행여 아버지를 원망할까 봐

"그래도 니를 젤 이뻐했다."

하시면서도 지나온 삶을 한탄하셨다.

본디, 죽고 나면 후한 게 인지상정인지라 지금도 앉으면 아버지의 영웅담 같은 좋은 이야기만 늘어놓는 큰오빠를 보면 참 대단하다 싶다. 아버지 때문에 엄마와 산전수전 겪어낸 산증인이 아니던가.

요즘 아동센터에 아이들을 상담해 주러 간다. 아버지 없는 아이들을 볼 때면 그런다.

"선생님 아버지도 선생님 5학년 때 돌아가셨단다. 꿈이 있으면 아무리 못 돼도 인간답게 살 수 있게 된다." 하면 아이들은 금세 정을 준다. 아이들을 보면서 아버지에 대한 내 복수심이나 원망이 흐려지고 있음을 느낀다. 한 번씩 불러보기도 한다.

"아버지!"

바로 대답이 오는 것 같다.

"예끼, 요년!"

두 가지 질문

누가 고향은 나에게 어떤 곳이냐고 묻는다. 고향은 내 시의 모태가 되는 곳이라고 답했다. 매우 식상한 답이기도 하고 매너리즘에 푹 빠진 고루한 변명이기도 하다. 바꿔 말하자면 고향은 버리고 온 집이다. 이미 폐가가 되었을 집. 안 가보고 싶은 곳이며, 때문에 쓸쓸함을 떠올려 주는 곳, 황폐한 사막 같은 곳이기도 하고 폐허나 황무지가 떠오르는 아주 상처투성이뿐인 몸 같은 곳이다. 고향은 어쩔 수 없이 드러내야 하는 치부이다.

척박한 땅을 개간하듯 어렵게 시가 움텄던 것 같다. 결국 나에게 시를 쓰게끔 만든 곳이 고향이라는 곳이다. 지금은 시골이라는 개념, 과거는 사라진 현장처럼 깨끗해져 흔적도 없는 곳. 가난과 온갖 시련이 버거워 뒤돌아보지 않고 떠나온 곳. 이제는 못 이기는 척 누가 손 내밀면 은근슬쩍 기웃거리게 되는 곳이다. 20년여 왕래를 않다가 엄마를 비롯해서 큰오빠네가 귀향해서 터를 잡는 바람에 다시 전원생활하는 마음가짐으로 밀물과 썰물처럼 마음 한구석을 비워내며 들락날락하는 곳이 내 고향이다. 죽이느니 살리느니 해도 핏줄이 최고란 말도 있듯이 고향이 없었더라면 타관 객지를 떠돌면서 부모 품 그리운 자식처럼 갈대가 흔들리는 것만 보아도 얼마나 서러웠으랴 위안 삼으며.

또 물어온다. 지금 살고 있는 곳은 어떤 의미냐고. 단칼에 대답할 수 있다. 여기는 지긋지긋한 현실이다. 고향은 안온하진 않았지만 퇴근하듯 돌아가야 할 곳이라면, 여기는 출근해서 하루를 의무감이나 타성에 젖은 삶을 일궈내야 하는 곳이다. 시를 쓸 수 있는 환경을 억지로라도 만들어내지 않으면 무료하기 짝이 없는 곳이다. 나름대로 꾸려나가는 구멍가게 같은 곳이 내가 살고 있는 이곳이다. 떠나온 곳을 회귀하고픈 욕망이 무의식 속에 숨겨져 있는지 고향을 떠나와서도 변두리를 전전하며 살아가고 있다. 야인의 삶을 벗어버리지 못하는 습관 때문이기도 하다. 뭔가 중심에 있으면 내 것이 아닌 것 같은 혼란이 온다. 외롭지만 나이가 들수록 안주하고 싶어진다. 엄마가 한 덤불에 한 열매 열린다고 했는데 고향에서나 여기에서나 쓸쓸함에서 벗어나지 못하는 것을 보면 어딜 가나 자기 성향은 변하지 않는가 보다.

난 전생을 믿는다. 운명도 믿는다. 변두리 도서관, 변두리 카페 등, 사람이 모이지 않는 곳을 즐겨 찾아다니면서 살아가는 것을 내 운명이며 나만의 쓸쓸한 삶을 치유해 나가는 방법이라고 생각한다. 결국 두 가지 질문은 한 가지로 함축된다.

"지금 내 삶은 어떠한가?"

쓸쓸한 아버지
—아버지의 공간

'내 시 속의 먼 곳'은 어딜까? 곰곰이 떠올리자니 한 사람이 불쑥 나타난다. 그가 내 마음에 들어와 있을 때가 한 번이라도 있었던가? 이제 와서 내 앞에 떡하니 버티고 선 그는 원래 당신 자리인 듯 자연스럽기까지 하다. 되짚어 봐도 내 안의 그는 언제나 먼 곳에 있었던 기억뿐이다. 오래전, 늘 멀게만 느껴졌던 그는 딴 세상에서도 잘 지내고 있을까? 가물가물하지만 문득문득 그리워진다.

먼 곳에 있는 그는 왜 그립기만 한 걸까? 먼 곳에 있어서, 손에 닿지 않아서, 눈으로 볼 수 없고, 마음을 전할 수 없어서 그리워만 할 수밖에 없었던 걸까? 나만 피해자처럼 왜 늘 그리워했던 걸까? 내가 그토록 그리워할 때 그는 언제나 저 먼 곳에서 우두커니가 되어 서 있기만 했을까? 때때로 그는 나를 향해 손짓했는데 나는 몰라봤던 게 아닐까? 착각일 수도 있겠지만 저쪽에서 보면 내가 오히려 먼 곳이어서 그리웠을 수도 있었겠다 싶기도 하다. 그때 난 너무 어렸고 철이 없었고 보호를 받아야 할 처지여서 일방적인 그의 행동들이 서운하거나 매몰차게 느껴졌을 수도 있었으리라. 세월이 지나 감정이 마모되고 적당히 잊힐 즈음 그란 존재는, 아, 잔잔한 바람처럼 아련함을 몰고 쓸쓸히 나에게로 왔다.

아련함 속에선 그리움도 싹이 트고 애틋함도 자라나나 보다. 그래서 서러움도 원망도 묻히는가 보다. 지금은 원망도 서러움도 뭉뚱그려져 어렴풋하다. 흡사 도화지 속 뭉개진 얼굴 그림처럼, 새벽안개처럼, 어슴푸레한 기억으로 저장되어 있는 그. 꺼내어 봐도 빛바랜 사진첩보다 흐릿하기만 하여 난 그것을 통틀어 '아버지의 공간'이라고 저장하고 '쓸쓸한 아버지'라 이름 지어 본다.

사람에겐 망각의 강이 있다고 한다. 망각이란 아주 잊히는 게 아니라 다른 감정으로 몸을 바꿔서 다시 태어나는 것이라고 생각한다. 만약 아픔이 아픔으로만 남아 있다면 너무 아파서 하루도 살 수가 없을 것이다. 기쁨이나 슬픔도 마찬가지다. 너무 기쁘거나 슬픈 나머지 주체를 못해서 조울증이라는 정신질환을 앓을 수도 있을 것이다. 이렇듯 아픔에 기쁨이나 슬픔에 망각이라는 감정이 더께더께 얹혀서 잠시 잊히기도 하는 것이다. 단지 그러한 감정들은 깊숙한 저장고에서 또 다른 감정들에 눌려 숨어 있다가 훗날 그 비슷한 현상들이 다시 일어날 때 아련함으로 뇌리에 각인되어지는 것이다.

나에게 원망과 서러움 온갖 서운한 감정들 위에 덧입혀져 아련한 그리움으로 남은 '내 시 속의 먼 곳'은 아버지의 공간이다. 아버지의 공간은 척박한 황무지 같은 곳이고 찬바람 에이는 겨울 들판 속 고향이기도 하다. 고향을 떠나온 지 오래되니 처음 떠나올 때처럼 다시는 돌아가지 않겠다는 야무진 다짐보다 아련함이 밀려듦은 그만큼 그립다는 뜻도 된다. 아버지의 그곳처럼. 스산한 들녘 같은 어린 날들이 한 장면씩 떠오를 때마다 아버지가 우뚝 서 있다. 아버지의 공간은 그래서 고향의 푸른 언덕처럼 얼른 가서 안기고 싶고 뒹굴고 싶은 이미지가 아니다. 망각하고 싶은 한 부분이었기에 지금 아버지의 공간은 오히려 아련함이 묻어나는 공간이다. 어린 날 나는 늘 도망을 꿈꿔왔다. 꿈에서도 도망가는 꿈을 꾸곤 했다. 잘 기억나진 않지만 울타리 밖 세계가 마냥 동경의 대상이었고 궁금했던 모양이라고 얼버무리고 싶다.

'아버지'라는 공간 안에서 아버지는 늘 부재중이었다. 없는 아버지의 울타리인데도 무척이나 높고 튼튼해서 도망칠 수가 없었다. 그 바람에 어린 날부터 궁여지책으로 시를 쓰기 시작했다. 무심한 듯 엄한 아버지의 틀 속에서 잠시간 피신할 수 있도록 시라는 나만의 비밀 공간을 만들어 두었다.

아버지라는 억압된 공간 안에서 공상하고 사색하고 내 안에 숨겨져 있던 본연을 파괴해 나가기 시작했다. 그중 하나가 아버지였다. 아버지는 울타리 하나 쳐놓고 어디로 가셨을까? 아버지 가슴에 한 번 안겨본 적도, 손을 잡아본 적도 없었다. 그런데 내 아버지라니, 아버지가 거기, 여기, 존재한다니 어린 나이에 서러울 때가 많았다. 마음 깊이 이토록 강한 철벽을 만들어 놓고 내 아버지라니 이해할 수 없었다. 아버지 안에는 무수한 괴물들이 도사리고 있는 것 같았다. 무한한 상상의 날개를 펼쳐가며 아버지란 존재를 이해하려고 애쓰기도 했다. 일 년 열두 달의 반은 집을 떠나 어딜 떠도시는지 궁금하지도 않았다. 나갔다가 돌아오시면 집안이 시끄럽기 때문이다. 비워둔 곳을 청소하듯 자식들을 입타작질부터 하셨다. 그러면 오빠들은 막내인 나를 살구곤 했다. 내가 동네 북인 셈이었다. 너무나 서러워서 울다가 또 얻어터지곤 했다. 다 어렸으니 있을 수 있는 일인데 그 순간은 지옥이었다. 지금 얘기하면 그런 일 없다고 고개를 흔든다.

차라리 "그랬느냐? 힘들었겠다."라는 말 한마디만 듣고 싶은데 아버지는 수십 년 전에 저세상으로 가버렸고 오빠들은 가해자의 진술처럼 지금이 단지 좋을 뿐이다. 어쩌면 나만 정신병자처럼 영원히 고립된 존재로 살아남아 아버지라는 비련의 끈을 붙들고 하릴없이 시에 매달려 시시하게 사는 건지도 모른다.

아버지는 일찍 세상을 뜨기도 했지만 결국 자라면서 나에겐 없는 사람이 되었다. 기억 밖으로 밀려난 아버지는 내 시 속의 먼 곳에 머물렀다가 내 나이 예순이 다 되어서야 돌아온 탕아처럼 시가 되어 나타났다.

모유는 아기가 먹을 만큼 충분하지 않았다지
젖꼭지 문 채 숨넘어갈 듯 깔딱대는 아기,
아버지는 궁여지책으로 조카딸의 젖을 막내딸의
조막만 한 입에 물렸던 거라
조카딸이 마침 출산하여 친정에서 조리하던 중이라
외손녀가 물고 있던 젖꼭지 빼앗아
늦둥이 딸에게 물리라 한 거라
한 치 건너 두 치라
아버지에겐 딸을 살리는 게 먼저라
그렇게 스무 날 가까이 동냥젖 먹은 딸은
배앓이 하면서도
볼살 올랐다지만 엄마 젖이 아니니 허전했을 거라
그 뒤로 엄마 빈 젖꼭지를
다섯 살 다 되도록 빨아댔다니까
어른이 돼서도 허한 속 달래지지 않는 이유,

거기, 있었던 거라

— 졸시, 「이유」 전문

기억으로는 존재하지는 않는 사건이다. 구전처럼 누군가에게 전해 들은 이야기는 한 편의 시로 풀어냈지만 내 기억 속의 아버지는 부성애가 지극하지 않았다. 늘 먼 데 있었다. 그 때문일까? 먼 곳이라고 하면 부정적인 느낌이 먼저 들어온다. 이쪽보다 저쪽이 왠지 어색하듯 먼 곳에 있는 누군가를 떠올리라면 참 어려울 것 같다. 공간도 시간도 멀다는 느낌은 아득함과도 맞닿아 있다. 아버지는 나에게 늘 아득한 옛날 일처럼. 지금 와서 생각해 보면 아버지에 대한 기억들이 망각의 늪에 빠져 있었던 것 같다.

내 시의 모태가 되는 곳은 아버지가 있는 어린 날들이다. 유년으로 돌아가면 아버지는 언제나 가정이라는 울타리 밖에 있었다. 이건 내 생각일 뿐이다. 어쩌면 내가 집 밖을 떠돌았을 수 있겠다는 생각은 다 커서야 하게 되었다. 난 늘 물에 기름 돌 듯 가족 주위를 빙빙 돌았다. 가족 안에서 아웃사이더로 살면서 끊임없이 관찰하고 탐색해 왔던 것 같다. 고아도 되었다가 가출 소녀도 되었다가 마음으로 온갖 비행을 다 저질러 보았다. 그것만이 나만이 누릴 수 있는 자유였으니까. 아버지는 내가 감히 범접할 수 없는 높은 자리에 있는 분이니까. 옛날 아버지들은 거의 가부장적이어서 권위적이라고 한다는데 그것과는 매우 다른 차원의 아버지로 기억된다. 게다가 내가 태어났을 때 젊은 아버지가 아닌 쉰이나 된 지긋한 장년의 남자가 아버지였다. 앞에서 언급했듯이 아버지랍시고 딸의 장난질이나 받아주고 어여삐 딸을 보듬어 줄 수 있는 사람이 아니었다. 그렇게 일곱 남매를 거느린 아버지의 군단은 겉보기에는 순조로워 보였지만 난항을 겪고 있음이 분명했다. 아버지를 향한 공경이나 복종보다는 쉬쉬하려는 삶이 엿보였다. 가장 막내인 난 당하지 않으려고 쥐새끼처럼 여기저기 숨어다니기 일쑤였다. 대부분 쥐벼룩이나 빈대가 들끓는 창고이거나 빈 황초굴에 숨어들면 마음이 놓이곤 했던 기억이 난다. 비록 저 밖에 아버지가 혹은 오빠들이 날 불러댄다 해도 잠시는 안락한 보금자리였다는 걸 그들은 알고나 있었을까? 쥐방울만 한 동생을 찾아낸 순간 꿀밤이 열 대는 날아왔다. 어쨌거나 바로 앞에 낭떠러지가 기다리고 있다 해도 한순간의 즐거움은 천군만마千軍萬馬를 얻은 것과 같았다.

알싸한 담뱃잎 냄새가 말라갈 무렵 그 밑을 헤치며 지나가노라면 파도를 가르고 지나가는 느낌이 들곤 했다. 어른들은 잎 상한다고 난리지만 수시로 숨어들곤 했던 황초굴은 잊지 못할 공간이다. 산실이 생겨났으니 통쾌했다. 나만의 비밀을 감출 수 있는 곳이 황초굴 구석진 곳이다. 아버지란 공간 안에 있는 황초굴은 유일한 내 아군이기도 했다. 땅따먹기

하듯 난 야금야금 아버지의 공간을 먹어가고 있다는 즐거운 상상에 사로잡히곤 했다. 그 순간만은 -지극히 희생적인 엄마에게 미안하지만- 난 천애 고아가 되어 자유로운 영혼으로 살아 있다는 희열로 들떠 있었다. 아버지에게 원망이나 서러움 같은 감정보다 지나가는 나그네처럼 무심無心이 찾아들기 시작했다.

아버지는 자신의 공간을 어느덧 나에게 완전히 내어 주었다. 초등학교 5학년을 마칠 무렵 저세상 사람이 되어버렸으니. 머나먼 곳으로 떠나버린 아버지와 함께 서럽디서러운 내 어린 날도 한 편의 시처럼 끝이 났다.

모델

유난히 꽃을 좋아하던 엄마. 어느 해 여름, 딸네 집으로 나들이를 나오셨다. 늙은 시어머니 모시느라 애쓰는 큰며느리 숨통 트여 준다고 연중행사처럼 나오곤 하셨다. 늙은 장모랑 주거니 받거니 대화도 하루 이틀이지 마땅히 할 일도 없던 차에 사위가 하루는 꽃구경 가잔다. 동네 연못에 연꽃이 한창이라고. 땡볕인데도 아랑곳 않고 좋다 하신다. 기울어진 탑처럼 기우뚱한 몸을 딸 몸에 의지하고 걸으신다. 100미터 전방에 있는 전망대까지 갈 수 있겠느냐고 하니

"그라이머. 가고 말고."

당차게 한마디 내뱉으시곤 딸 팔을 뿌리치고 혼자 삐걱삐걱 로봇처럼 내딛는 걸음. 예쁘게 보자면 아장아장 아기걸음 같기도 하다. 첫걸음 뗀 아기처럼 가는 길이 험하고 까마득하다.

"엄마, 잘 가네? 우와!"

한마디 응원에 허리 아픈 줄도 모르고 구순 넘은 노구를 옮겨간다.

오늘은 엄마가 모델이다. 웃을 때면 천생 여자인 엄마. 연꽃은 까짓것 내년에 또 필 건데 뭘. 뒷모습, 앞모습, 부끄럽다고 수줍게 울퉁불퉁한 손으로 입 가리는 모습, 그만 찍으라고 손사래치는 모습 등 사위는 오늘만 날인 양 폰카로 마구 찍어댄다. 연꽃은 배경일 뿐이다. 결국엔 얌전하게 포즈를 취하곤 렌즈 앞에 선다. 꽃양산 들고 연밭 가운데 놓인 포토존에서도 찍고 전망대 꼭대기 벤치에 앉아 먼 산 바라기 하는 모습도 찍고 장서 사이가 저리 살가웠나 싶을 정도다. 무언의 대화가 찰칵찰칵 셔터 소리에 담겨 있다.

"어무이요. 여기 앉아보셔요."

가끔씩 사위의 권유에 자리를 옮겨 앉으면서도 귀찮은 표정 하나 없다. 분명 허리도 아프고 덥기도 할 텐데 말이다.

"점심은 내가 사끄마."

엄마의 직구 한 방에 그만 웃음이 연못에 쏟아진다. 금세 연꽃들이 더 환해졌다. 저렇게 나가길 좋아하는데 물어보기나 했던가. 천 날 만 날 나다니면서 늙은 엄마는 의례히 집이나 지키는 개처럼 생각하고 붙박이로 만들어 놓았던 자식들이었다.

평생의 한을 풀어놓기라도 하듯 사진 속 엄마는 모델이

따로 없다. 곱디곱다. 수줍은 소녀 같기도 하다. 선배 시인이 어머니란 주제로 디카시 전시회를 한다기에 엄마 사진을 보여줬더니 달라고 했다. 엄마의 모습은 전형적인 우리네 어머니의 표상이었던 것이다. 곱지만 지난한 삶이 느껴지고 웃는 입가에는 쓸쓸함이 묻어난다. 눈빛은 먼 데를 보지만 허전하다. 그 모습이 우리네 어머니였다. 엄마는 당신의 모습이 그리 곱다는 걸 알지 못한 채 다음 해 가을, 97세를 일기로 세상을 떠나셨다. 영정사진 속 엄마 표정이 무척 처연해 보였다. 고요하고 고즈넉한 표정이 역력했다. 여러 표정이 한꺼번에 드러난 영정사진 속 엄마 옆엔 원래 내가 있었다. 엄마만 들어내서 영정사진으로 쓰기로 의견을 모았던 것이다. 이렇게 엄마를 보내면서 여한 없는 삶은 없다는 것을 깨달았다. 더 살았으면 그만큼 여한은 줄어들겠지만.

피해자와 가해자

고등학교 때 나를 무척 괴롭히던 급우가 있었다. 지금도 그 아이를 친구라고 말하고 싶지 않다. 그만큼 상처가 깊게 남았다는 것이다. 처음에는 친하게 지냈는데 어느 순간 돌변하더니 나를 못 살게 괴롭히기 시작했다. 나는 앞자리였고 그 아이는 맨 뒷자리였다. 걸핏하면 맨 앞자리에 앉은 나를 포함한 여러 친구들을 향해 폭언을 일삼았다. 협박을 하고 돈도 빼앗고 도시락도 빼앗아 먹었다. 아무도 그 아이를 건들지 못했다. 그 아이와 절친인 아이는 재단 이사의 딸이었고 날 괴롭히던 아이는 학급회장이 되었다. 무슨 깡패를 회장으로 뽑았냐고 속으로만 불만을 품은 급우들도 많았다. 처음에는 나도 그 아이와 친구가 되어 할 말 못 할 말 다 했는데 그게 화살이 되어 나에게 꽂히고 될 줄이야.

하루는 둘이 교무실에 불려 간 적이 있었다. 난 억울하게 불려갔다. 한 선생이 그 아이의 머리를 쓰다듬으며 "다음부터는 그러지 말거레이." 하고 내보내 주고 나는 잘못을 인정하지 않는다고 출석부로 머리도 때리고 무릎을 꿇렸다. 그 선생과 나는 평소에 장난도 치고 매우 친하게 지낸 사이였다. 내가 시를 쓰고 대회 입상도 하는 바람에 학업성적은 부진해도 교내에 이름은 좀 날린 터였다. 급우들보다 모두는 아니어도 몇몇 선생님들과 좀 더 잘 지내는 편이었다. 그 사건 뒤로 나는 그 야비한 선생의 수업을 듣지 않고 책상에 엎드린 채 시간을 보냈다.

졸업한 뒤, 대구의 시내버스 안에서 우연히 만난 그는 초췌한 몰골을 한 초로의 노인이 되어 있었다. 은근히 기분이 좋았다. 죄는 죄대로 물은 물대로 흐른다는 말이 떠올랐기 때문이다.

고등학교를 졸업하고 30여 년이 지난 어느 날, 나를 괴롭히던 그 아이가 낙향하여 유명한 산자락 아래 식당을 차렸다는 소식을 들었다. 친구들 모임을 거기서 하자고 주선하기에 묻어서 갔다.

까맣게 잊었는지 나를 반겼고 나도 다 잊은 듯 지금의 내 위세를 등에 업은 개선장군처럼 -우리는 손님이었으니- 그 아이를 대했다. 그 아이는 나와 좋았던 시절만 떠올렸다. 나는 나빴던 기억만 새록새록 떠올랐다. 바로 피해자와 가해자의 차이가 이런 건가 싶었다. 그 아이는 알고도 그러는지 다 잊어버렸는지 전혀 미안해하지 않아서 그 뒤로는 나도 다 잊은 듯 더러 가기도 했는데 아직도 옛날 피해의식이 나에게 남아 있는 것 같아 왕래를 끊고 말았다.

결혼을 반대했던 시백님이 있다. 결혼 후, 시백님은 시집살이 아닌 시집살이를 시켰다. 제수씨를 핍박하는 시백님이라니 맏동서 시집살이는 들어봤어도 시백님 시집살이는 신문에 날 일이었다. 하는 말마다 가슴에 못이 되어 박혀서 병이 생겼다. 정신과 치료도 받고 화를 다스리는 프로그램에도 참여했다. 결국 나를 치유하는 상담 공부를 시작하면서 하나씩 깨달아 가게 되었다.

상대를 고칠 수 없으면 내가 바뀌어야 되고, 상대가 나에게 용서를 구하기 전에 내가 먼저 용서해야 된다는 것을. 가수 조용필의 노래 가사 중 "너를 용서 않으니 내가 괴로워 안 되겠다."라는 구절이 떠오른다. 무슨 용서할 일이 그리 많은지 나는 노래방에 가면 이 노래를 꼭 부르곤 한다.

중요한 것은 시백님께서 당신의 잘못을 모른다는 것이다. 나는 사는 내내 시백님이 나에게 와서 미안하다는 말 한마디를 해 주길 바랐으니 너무나 어리석은 바람이었다. 남편이 사과하라고도 말했는데 "내가 무슨 잘못을 했는데 사과하란 말이냐?"면서 숨 끊어질 사람처럼 겨우겨우 인연의 끈을 놓지 않고 살아가고 있다. 가족이기에 언젠가는 풀어야 할 숙제 같다. 과연 그는 알고 있으면서 죄밑이 되어 모르는 척하는 걸까? 아무리 짜 맞춰 봐도 하느님께 회개하듯 가해자는 자신의 과오를 씻은 듯이 아주 깨끗이 잊어버렸을 것이라는 생각이 든다.

얼마 전 엄마 첫 기일이라 친정에 모였는데 셋째 오빠가 동생들 안 때리고 잘 보살피겠다고 엄마와 약속했다는 말끝에

"내가 동생들 언제 때렸냐마는."

하는 것이었다.

"셋째 오빠, 막내 오빠, 눈만 뜨면 내 쥐어박았잖아요."

우스갯소리처럼 휙 날리니

"내가 언제?"

놀라서 막내 오빠가 반문했다. 진짜 모르는 것 같았다. 세상 천지에 눈만 뜨면 불안에 떨어야 했던 어린 동생의 기억 속에 오빠들은 영원한 가해자인 것을 그들은 강물처럼 흘려보낸 망각이라니. 난 언젠가는 사과를 할 줄 알고 한 번씩 투덜거렸는데 그들은 내가 투정이나 부리는 줄 알았나 보다. 그 큰 주먹으로 한 대씩 쥐어박을 때마다 아픈 것은 물론이고, 자존감이 사라지곤 했는데 그때마다 일기를 썼던 기억이 난다.

지금 생각해 보면 너무 어려서 멋모르고 저지른 행동들이다. 그렇다 치더라도 그들보다 어린 나에게는 감당할 수 없는 상처였다는 것을 그들은 모른다. 그 때문에 커서도 난 두 오빠들에게 달갑지 않게 대했던 것 같다. 오빠들은 그런 나를 별나다고 볼 때마다 훈계하듯 한마디씩 했다. 부모 자식 간에도 체벌을 하다 보면 감정이 이입된다. 그래서 반드시 자녀에게 사과를 하고 그런 행동은 고쳐야 할 일이다. 바른 자녀를 원한다면 훈계보다는 따뜻한 마음으로 다독여 주는 일이 먼저 이뤄져야 할 것이다. 하물며 형제간에는 더 골이 깊어지는 행동이 주먹다짐이나 일방적인 폭력이다. 때려놓고 내가 화가 나서 그랬으니 이해하라는 말 역시 가해자의 폭언이라 상처 위에 소금 뿌리는 격이다. 진심 어린 사과를 하고 반복된 폭력이나 폭언은 하지 말아야 한다. 그러기엔 우리의 과거는 너무 힘들었고 소양이 부족했던 탓도 있으리라.

엄마 기일에 하필이면 거론이 되어 엄마께 죄송했지만 지금이라도 그들이 기억을 떠올려 보고 농담처럼이라도 미안했다고 한마디는 해 주었으면 좋겠다. 끝까지 때린 적이 없다고 발뺌을 하는 오빠들을 보고 영원한 피해자는 없듯이 영원한 가해자도 없다는 것을 깨달았다. 이쯤이면 웃어넘겨야 할 일이다. 이후로는 더는 피해자로 살지 않을 것을 엄마 산소 앞에서 다짐했다. 엄마는 내 유일한 증인이었으니까. 시백님도,

고등학교 때 그 아이도, 날 괴롭힌 어린 오빠들도 어쩌면 누군가의 피해자였을 거라고 믿기로 했다.

"너를 용서 않으니 내가 괴로워 안 되겠다. 나의 용서는 너를 잊는 거엇!"

오늘도 목청 높여 불러본다.

"어릴 때 여동생들 괴롭힌 이 세상 오빠들이여, 지금이라도 늦지 않았으니 미안했다는 말 한마디만 해 주라!"

그러면 얼었던 마음이 봄눈 녹듯 녹아 사라질 것이니.

–

2부

–

그리다

엄마란 이름

초등학교 2학년 순진(가명)의 내면 아이는 다섯 살 때로 돌아간다. 부모의 이혼 사실만 기억하는 어린아이는 충격에 휩싸인다. 누구도 아이를 맡으려 하지 않는다는 것에 더 큰 절망에 빠진다. 결국 외할머니 손에 맡겨진 다섯 살 아이의 인생 곡선은 어떻게 변화되어갈까? 순진은 어릴 때 기억을 하고 싶지 않아 한다. 아이의 부모는 각자 새로운 삶을 시작한 것 같다. 아니면 연락을 아예 끊고 살 수가 있겠는가. 아직 어려서 그런지 별로 원망하거나 증오심은 보이지 않는다. 모든 심리 검사에서 부모를 지독하게 그리워한다는 것만 나타날 뿐 현재의 순진은 부모와 함께 살게 될 날만 손꼽아 기다린다. 그런 날이 과연 올지, 만약 이뤄지지 않았을 때 아이는 어떤 모습으로 성장할지 걱정이다.

너무나 굳게 믿고 있는 순진에게 나는 그런다. 엄마, 아버지의 인생이 있듯이 너도 무작정 기다리지만 말고 꿈을 가져 보라고. 그러면 덜 지겨울 거라고. 알아들었는지는 몰라도 그 뒤로 상담실에 오면 축구선수가 되겠다, 화가가 되겠다, 이런 이야기를 늘어놓았다. 꼬질꼬질한 얼굴로 슬쩍 웃어 주기도 한다. 그래서 마음이 더 짠하다. 엄마의 빈자리가 절실히 느껴진다. 버려졌다는 것을 굳이 거부하는 순진은 과연 언제까지 환상에 사로잡혀 살아갈지 걱정이었다.

엄마란 존재는 나무의 뿌리와 같다. 갈잎 같은 자식들이 불면 날아갈 세라 애지중지한다. 그런 엄마가 가정의 중심에서 밀려나거나 그 자리를 스스로 포기한다면 뿌리째 뽑힌 나무처럼 가정은 크게 흔들리고 만다. 갈잎 같던 자식들은 제각각 흔적도 없이 날아가고 움푹 팬 구덩이엔 썩은 물만 고일 것이다. 아이들은 그렇게 비행을 저지르며 자신을 드러내고자 애쓰고, 사회는 더한 구속이나 방치로 아이들을 비난한다.

가만히 들여다보면 엄마의 빈자리가 상처로 남아 있는 아이들이 비행의 중심에 있어 안타깝다.

"아버지 날 낳으시고 어머니 날 기르시니"

『명심보감 -4 효행편』에 나오는 이 말처럼 엄마란 존재는 자식을 참답게 길러 주시는 분이다. 요즘처럼 낳아놓고 무관심하거나 지나친 관심으로 자녀를 억압하는 부모라면 아이들의 마음은 둘 곳이 없어진다.

우리 엄마를 생각해 보면 지극하다는 말이 떠오른다. 평생을 흔들림 없는 뿌리로 자식을 떠받들며 삶의 역경을 이겨낸 분이시다. 당신은 희생했다고 생각하지 않는다. 쉰에 칠 남매를 독박 쓰게 된 엄마는 뼈빠지게 살아냈다. 엄마는 자식들 앞에서 절대로 울지 않았다. 보기엔 너무나 여리여리한 여자였다. 천생 여자인 엄마였다. 그러나 자식 앞에선 지극정성인 엄마였다. 흔들림이 없다는 것은 무척 든든한 지원군을 얻은 군대와 같다. 보기에도 한 움큼밖에 안 돼 보이는 여자가 우리 집안의 울타리라니 그런 엄마를 믿고 어떻게 살까? 하는 생각은 한 번도 해 본 적이 없다. 엄마니까 당연하다고 생각했고 엄마는 다 그런 줄 알았다. 엄마는 그런 자식들을 보면서 얼마나 어깨가 무거웠을지 내 나이 예순이 다 되어서야 조금 알게 되었다. 엄마는 입안의 혀처럼 자식들 요구 하나하나 입 떼기가 무섭게 척척 들어주면서도 헛길로 빠지지 않게 살폈다.

자식들에게 엄마란 어떤 존재일까? 적어도 엄마라면 어떻게 해야 하는 게 자식에 대한 도리일까? 왜 엄마는 자식에게 도리를 다 해야 하는 걸까? 의무감, 책임감, 이런 단어는 엄마에게 어울리지 않는 말이다. 엄마라서 당연히 해야 한다는 게 내 생각이다. 하지만 자식이라고 엄마의 희생을 당연하다고 생각해서는 안 된다. 엄마는 엄마의 위치나 입장이 있고 자식은 자식 된 입장이나 도리가 있기 때문이다. 그럼에도 엄마답지 못한 엄마들, 자식답지 못한 자식들이 얼마나 많은가. 엄마가 떠난 지 1년 남짓 되어간다. 아직은 엄마가 없다는 게 실감 나지 않는다. 엄마 산소에 앉아 잡풀을 뽑으면서도 집에 엄마가 있는 듯 잠깐 착각에 빠지곤 한다.

자식이 대들거나 무심할 때

"내가 저를 어떻게 키웠는데."

말하는 못난 엄마들을 많이 봐 왔다. 특히 아들 가진 옛날 어머니들은 며느리에게 아들을 빼앗겼다는 용심에 더 큰소리를 친다. 내 기억으로 엄마는 지금껏 며느리한테든 아들한테든 보상심리를 드러낸 적이 없다. 오히려 형편이 여의치 않아 더 못해 준 게 한이 된다고 했다. 이렇듯 엄마라면 한 그루 고목처럼 자식들의 바람막이가 되어 한없이 막아 주어야 한다.

한때 시 깨나 쓴답시고 전국 일주하듯 돌아다닐 때 엄마는 언제나 슬그머니 뒷주머니에 여비를 찔러 넣어 주곤 했던 기억이 난다.

"결혼은 하고 싶을 때 좋다는 사람하고 해라."

딸이 나이는 먹어가고 변변한 직업도 없이 시나 쓴답시고 걸렁대는 꼬락서니가 보기 좋기만 했을까? 안에서는 뿌리 깊은 나무처럼 흔들림 없이 둥지를 지켜냈고, 남몰래 흘린 눈물은 한강을 이뤘으리라.

어느 날은 지치고 힘이 들어서 강변에 나가 손톱으로 자갈밭을 헤집으며 한나절을 목놓아 울었다는 엄마. 다 커서야 알았다. 언제 그랬냐는 듯 하나같이 개성 강한 자식들에게 맞춤교육을 시키기 위해 온 정성을 쏟았다는 것을. 자식을 키워봐야 엄마 마음을 안다더니 그 말이 딱 맞다.

여자는 약해도 엄마는 강하다는 말은 괜히 생겨난 말이 아니다. 엄마는 자식에 대한 교육열이 매우 높았지만, 강요하지 않았고 완전한 사랑으로 자식에게 헌신하셨다. 십 리 길을 마다하지 않고 공부 잘하는 언니 학교에 도시락을 싸다 나르는 것을 본 기억이 난다. 공부하느라 힘들다고 따뜻한 밥 먹이겠다는 엄마의 일념은 오히려 언니를 거슬리게 했다. 언니는 엄마가 학교에 오는 것을 싫어했다. 세련되지 못하고 나이조차 많은 초로의 할머니 같아서였으리라.

나도 그랬다. 소풍 길은 꼭 우리 집 앞을 지나갔다. 엄마는 딸 얼굴 한 번 보겠다고 밭일을 하다말고 캥거루처럼 허리를 펴고 소풍행렬 속 딸을 찾느라 두리번거렸다. 엄마를 보자 난 그만 저만치 도망가고 말았다. 나이 많은 엄마가 너무 싫었다.

얼마 전, 미술심리치료시간에 초기 기억화를 그리면서 그 기억이 떠올랐다. 너무나 사무치도록 부끄럽고 죄스러웠다. 하지만 늙은 엄마에게 내 마음을 표현한 적이 한 번도 없었다. 어느 자식도 엄마가 자기들 때문에 고생했다, 고맙다,라고 말하지 않는다. 특히 손톱 밑에 가시 같던 넷째 오빠를 가슴에 묻은 엄마. 집 나간 며느리를 원망하지 않고 손자를 죽은 자식 삼아 이십 년 가까이 키워냈다. 그 아이도 순진처럼 아픈 상처를 안고 살아갈 뻔했지만 할머니의 지극한 보살핌으로 건강하게 성년을 맞이했다. 그러느라 손가락 관절이 다 닳아 손가락마디가 울퉁불퉁하다.

"죽으면 썩을 몸 애껴 뭐 하니껴."

의사가 걱정하면 이렇게 말한다.

엄마는 내가 다니러 갈 때마다 같이 자자고 했다. 그러면 새삼스럽다는 듯 예민해서 난 혼자 자야 한다고 단칼에 거절하곤 했다. 엄마는 단단히 오해를 해서 늙었다고 냄새나서 딸이 그런다면서 서운함을 드러냈다. 그게 아닌데 그 순간 산더미 같은 후회가 밀려왔다. 엄마의 향기는 어떤 가공된 향수보다 더 아련하고 은은한데 엄마는 돌아가실 무렵 아기처럼 서운함이 많아진 것 같았다. 옛날 같으면 편하게 자라고 오히려 곁에 오지도 못하게 했던 엄마였는데.

지금껏 자식들에게 손자 손녀들에게 당신의 온 마음을 아낌없이 내어 주신 엄마의 사랑은 지극한 내리사랑이다. 바로 엄마라는 이름만이 할 수 있는 사랑이다. 누구든 엄마가 옆에 있거나 살아계신다면 엄마가 자신을 품어 준 것처럼 어쩌다가라도 꼭 안아 드리라고 말하고 싶다. 엄마는 알고 보면 스킨십을 매우 좋아하더란 것을 뒤늦게 알게 된 불효녀가 되지 말고.

간間

원래 궁합은 결혼을 반대하기 위해서 생겨난 것이라고 한다. 요즘에 와서는 재미로 보기도 하고 서로 잘 살 수 있는지 합을 맞춰보기도 한다. 결혼 전에 궁합을 보러 철학관이나 점집에 가면 속궁합이니 겉궁합이니 하면서 봐주는데 좀 엉터리 같았다. 나 보고는 결혼할 운이 아니라고 했는데 스무 해 넘도록 그럭저럭 무리 없이 결혼 생활을 이어가고 있다. 찰떡궁합이라던 어떤 부부는 결혼 1년도 안 돼서 이혼하는 걸 보았다.

나는 궁합을 보러 다니지는 않지만 합이란 게 부부간에만 있는 게 아니란 것은 믿는 편이다. 친구 간에도, 직장 동료 간에도, 가족 간에도 이유 없이 잘 맞거나 잘 지내고 싶은데 마가 끼듯이 원수지간이 되는 경우가 있다. 별일 아닌데도 피 터지게 싸우는 형제도 종종 보았고 자매들도 보았다.

친척 가운데 지금도 원수로 살고 있는 자매도 있다. 만났다 하면 머리채를 잡고 싸워쌓기에 조상 묘를 잘못 썼지 싶다는 말까지 나오곤 했다. 내가 보기엔 궁합이 안 맞는 자매지간이어서 그런 것 같았다. 난 정말 잘한다고 하는데 상대는 밉상으로 보거나 밀어내는 경우도 있기 때문이다.

부모 자식 간에도 합이 안 맞기도 한다. 가정교육이 잘못됐다느니 하는 말은 다 거짓말이다. 한 배에서 나온 자식이 하나는 착하고 하나는 개차반인 것은 보면 안다. 무턱대고 자식을 무시하거나 부모에게 불손한 사람들은 서로 합이 맞지 않아서 그런 것이다.

친구 남편은 자라면서 어머니에게 지나치게 억압을 받았다고 했다. 성인이 되어서는 어머니를 멀리한다고 했다. 그런데 어딘지 모르게 아내를 통해 어머니에게 잘 보이고자 하는 욕망을 드러내는 것을 보았다. 어머니에게 잘 보이고 싶던 어릴 때 감정이 지금도 숨어 있기 때문인 것이다. 강한 사람의 일방적인 행동으로 사이가 벌어졌기 때문인데 당한 쪽은 언제든 풀고 싶은 마음이 있다. 용기가 없을 뿐이다. 이런 관계를 사이가 벌어졌다고들 한다. '사이'는 곧 '틈'이다. 그 틈을 더 벌어지지 않게 하려면 전문상담사 같은 조력자가 필요하다. 둘은 잘잘못만 따질 뿐 절대 해결해 나갈 수 없다. 친구 부부의 경우는 아내인 친구가 잘해 나가고 있어서 모자 관계를 조금이나마 회복해 나가고 있어 보였다.

자식에게 지나치게 헌신적인데도 자식은 부모를 개 닭 보듯 하거나 늘 불만을 토로하는 경우도 보았다. 그럴 땐 적당히 중립을 지켜야 되는데 사람인지라 그것도 내가 낳은 자식인지라 포기 못 하고 오매불망하다가 결국엔 "내가 너희들 키우느라 얼마나 고생한 줄 아느냐?" 하면서 불화의 씨앗을 크게 키우고 만다. 대부분 그냥 사이 나쁜 채로 살다가 죽은 뒤에 땅을 치고 후회한다. 현명한 자者라면 빨리 상황을 깨닫고 관계 회복을 위해 최선을 다해 봐야겠지만 이 또한 스스로는 힘들다고 본다.

나에게도 유독 나를 거슬려 하는 오빠가 한 명 있다. 이유 없이 어릴 때부터 여러 동생들 가운데 나만 괴롭혔던 것 같다. 그 심리를 알 수가 없었는데 합이 안 맞아서라고 생각하니 마음이 편해지기도 했다.

오히려 내가 미워했던 게 아닐까? 상담을 배우면서 내 심리를 파악해 보니 내 마음속에 원망심이 들어 있기도 했다. 돌아보면 오빠도 어렸다. 어린 나에겐 어른이었지만 겨우 스물 안팎. 따지자면 이유 없는 갈굼이 어디 있었겠는가. 합이 맞지 않다는 것도 이유라면 이유이다. 그땐 미움 받는 데도 용기가 필요하다는 걸 몰랐으니 억울함만 있어서 더 힘들었던 것 같다.

무서워서 한 마디 대꾸도, 왜 그러냐고 물어보지도 못했다. 내가 왜 날 미워하느냐고 물어봤더라면 대답이라도 했으리라. 누구를 미워하는 건 자유지만 누구에겐가 미움을 받을 때는 큰 용기가 필요하다는 걸 마흔이 넘어서야 알게 되었다. 흙먼지 털 듯 툭툭 털어낼 용기가 나에게도 있었다면 내 삶은 훨씬 평탄했을 것이다. 무엇보다 중요한 건 그 오빠와 나와 합이 맞지 않다는 데 있다. 나 혼자 푼다고 해결될 일이 아닌 영원한 숙제 같은 것이지만 어른이 되고 보니 모난 성격도 둥글게 갈려 나가는 것 같다. 그래서 생겨난 감정이 이해란 것이다.

부부간이든 형제간이든 부모 자식 간이든 서로 합이 맞는 사이라면 절대 틈이 벌어질 수가 없다. 이유 없는 반항, 이유 없는 시기와 질투는 없듯이 합이 안 맞으면 좋을 사이도 자연스레 벌어진다. 물론 철학관이나 점집 같은 무속신앙을 옹호하는 것은 아니다. 벌어진 틈을 너그럽게 메워나가려는 노력이라고 믿으면 상처받던 마음도 치유가 된다는 것을 역설하고자 함이다.

마지막 배웅

이제 집 앞 언덕 어귀에서 손 흔들며 배웅하는 엄마를 영원히 볼 수 없게 되었다. 친정집은 찻길 둔덕에 있다. 차를 타고 둔덕을 내려와 회전길을 돌아 나오면 집 앞 둔덕에서 마지막 배웅을 하듯 손 흔들던 엄마. 떠나보내고 나니 사진이라도 한 장 남겨 둘걸 너무나 후회가 된다. 힘없는 팔을 보이지 않을 때까지 흔들던 엄마였는데 그 모습이 너무 안쓰러워서 눈물 훔치곤 했는데.

얼마 전, 20여 년간 매일 배웅하는 부모님의 모습을 기록한 사진작가 디에나 다이크먼의 기사를 보았다. 그녀는 이런 평화로운 세월이 영원하지 않을 것을 알기에 기록하기로 했다고 한다. 사진마다 부모님의 사랑이 절절함이 묻어났다. 처음 여러 해는 부모님 모두 자신을 배웅해 주었고, 아버지가 먼저 떠나고 난 뒤엔 어머니 혼자 딸을 배웅했다. 그러면서 어머니는 늙어갔다. 그러던 어느 날, 어머니마저 세상을 하직하자 이제 집 앞엔 아무도 없고 빈집만 외롭게 자리하고 있는 사진을 보고 가슴이 뭉클했다. 먼 훗날 그 집마저도 사라지고 없을 거라고 상상하니 슬픈 감정이 울컥 올라왔다. 그녀처럼 나에겐 어떤 추억거리도 남아 있지 않은 엄마의 배웅이 너무나 애틋하고 안타까워서이다.

친정이 귀촌하고 난 뒤 친정에 갔다 올 때면 엄마, 큰오빠 부부 이렇게 셋이 나와 배웅을 해주곤 했다. 차가 떠나면 큰오빠는 먼저 들어가고 엄마와 새언니, 즉, 고부가 나란히 서서 모퉁이를 돌아 다시 보일 때까지 기다렸다가 멀리서 손을 흔든다. 소리는 들리지 않지만 들어가라고 손짓을 보태어 소리쳐본다. 추우면 춥다고, 더우면 덥다고 오래 서 있으면 다리 아프다고 들어가라고 소리치곤 했다. 몇 년을 그렇게 손 흔들어 배웅했는데 엄마 먼저 떠나보내고 이제 칠순 넘은 새언니 혼자 손을 흔들며 배웅해 준다. 새언니 얼굴에서 엄마가 느껴진다. 자식을 떠나보내는 심정이 고스란히 묻어 있는 배웅이다. 비록 나는 시누이지만 엄마가 하던 그대로 배웅해 준다. 어쩌면 뒷모습을 보여 주기 싫어서일 수도 있겠다 싶다. 우리가 쓸쓸해할까 봐, 아니면 우리가 서운해할 수도 있으니까 오래 남아 손 흔드는 게 아닌가 싶다.

그 사진작가처럼 일일이 기록할 수는 없더라도 한 장의 사진이라도 남겨 두었다면 얼마나 깊은 추억으로 남았으랴. 엄마는 없지만 친정을 갈 때마다 따뜻하게 맞아주고 바리바리 싸서 배웅해 주는 새언니 모습이라도 담아와야겠다. 엄마 대신 오빠께 새언니 옆에서 말뚝 좀 서 계시라고 농담처럼 한마디 남기는 것도 잊지 않으리라. 혼자보다는 둘이 손 흔드는 게 덜 쓸쓸해 뵈고 훨씬 아름다워 보이니까.

세 살 적 트라우마 죽을 때까지 간다

4년 동안 이사를 세 번이나 했다. 아파트를 팔고 마당 있는 집을 찾다가 주택 전월세로, 다시 임대 아파트로 옮기면서 우리 부부는 작은 갈등을 감내해야 했다. 완전하다고 생각했던 보금자리를 떠나 남의 집에 살면서도 크게 불편함을 느끼지는 않았다. 맹모삼천지교孟母三遷之敎를 따르는 부모처럼 당연하게 받아들였다. 남들은 속 사정도 모르고 손가락질할 수도 있다. 개 한 마리 키우자고 이사를 다니느냐고 하면서. 하지만 우리에게 온 저 가냘픈 눈빛을 차마 저버릴 수 없었기에 귀찮지만 바깥의 따가운 시선을 피해 환경을 바꿀 수밖에 없었다.

어느덧 일곱 살이 된 만동은 우리 집 진돗개 이름이다. 만동에게는 두 가지 정신적 외상trauma이 있다. 버림받는 것과 경계심이다. 아파트라는 공간에서 어린 시절을 보내다가 언니가 운영하는 식당 뒷마당으로 옮겨가게 되었다. 짖지도 않고 훈련이 잘 되어서 이웃을 보면 주인 뒤에 얼굴을 감추는 등 패티켓을 아주 잘 지키는 편이었다. 그때만 해도 반려 문화가 자리 잡히지 않은 터라 주민들 가운데 한 분이 억지소리로 행패를 부려도 고스란히 당해야 했다. 그래서 어쩔 수 없이 평일에만 보내기로 했는데 월요일만 되면 버려진 줄 알고 월요 우울증을 앓기도 했다.

이른 아침, 베란다 문 쪽에서 나를 노리는 시선 하나를 발견한다. 문 손잡이에 눈이 아예 고정되어 있다. 어쩌자는 건지 이젠 대충 안다. 놈이 노리는 건 거실 안쪽이다. 아니, 일명 엄마라고 각인된 내가 있는 곳이면 어디라도 좋아한다. 남편은 서열 1위라는 것을 알기에 좋아는 하지만 '콜'하기 전에는 절대 안쪽을 탐하지 않는다. 나만 있을 때, 베란다 문의 틈이 눈곱만큼이라도 벌어졌을 때 어김없이 쫓아 들어와 애교를 떨고 제 자리 하나 틀고 앉는다. 이놈은 바로 주말부부가 아닌 주말 자녀 같은 일곱 살이 된 청년 진돗개 만동이다.

잘 알고 지내던 시인의 집에서 키우는 진돗개가 새끼를 낳았다는 소식을 들었다. 남편은 그 얘기를 듣자마자 큰개 한 마리 키워 보는 것이 소원이라고 했다. 나는 몇 날 며칠 고심 끝에 남편의 소원을 들어주기로 했다. 결국 젖도 덜 떨어진 새끼를 데려왔다. 그렇게 키우게 된 강아지 만동이. 이름을 짓는데도 여러 날 걸렸다. 작명소에라도 가야 하나? 잠자리에 누워서도 고민했다. 그러면서 웃은 적도 있다. 벌써 우리에게 웃음을 선사하는 녀석이 갸륵했다. 그러고는 늦게 만나서 우리 삶에 함께 동행하게 되었으니 만동晩同이라고 짓자고 의견을 모았다. 아이를 키우는 기분이 이런 걸까? 설렘도 생겨났다.

육아든 육견이든 처음인지라 나는 진돗개 사이트에 가입부터 했다. 맘 카페처럼 개 부모들이 왁시글했다. 개 자랑에 날 새는 줄 모를 지경의 팔불출들만 모여 있는 듯했다. 우습기도 하고 재미나기도 해서 사진도 올리고 글도 남기고 했다. 점점 나는 수의사처럼 전문가가 되어가고 있는 것 같은 기분이 들었다.

어느덧 만동은 우리 부부 손에서 열세 살의 문턱을 넘어서는 노견이 되어가고 있다. 여전히 혼자 있기를 무서워하는 만동에게 미안한 마음이 앞선다. 때문에 바깥나들이에도 대부분 동반하지만, 그 또한 삶의 한 부분이라 즐겁게 받아들이고 있다. 만동을 키우면서 깨달은 게 있다. 반려견을 맞아들일 때는 자식 하나를 가슴으로 낳는다는 심정이어야 한다는 것이다. 몇 번은 고비가 있었다. 내 삶이 힘들 때마다 남편 삶이 버거울 때마다 한두 번씩 보내자는 말을 하곤 했다. 어디로 보내자는 말인가. 우리 품으로 받아들여 키우던 개가 갈 곳은 어디인가. 생각해 보지 않을 수 없는 문제였다. 굽이굽이 힘든 고비를 넘기고 보니 이제는 정말 우리 자식 같다. 엄마는 외손자나 마찬가지라며 개 용돈을 주기도 하셨다. 그래서 또 웃은 적도 있다.

그럼에도 누가 강아지를 키우고 싶다고 말을 하면 도시락 싸들 고 말리고 싶다. 자식 하나를 잘 키울 각오가 아니면 시작도 하지 말라고 조언해 준다. 그런 다짐으로 분양해도 실패하는 경우가 많다. 반려동물은 자식이나 마찬가지이다. 개에게 있어서 파양은 죽음으로 내모는 일이다. 자식이 밉다고 버리진 않는다. 예쁘고 귀엽다는 마음만 앞서서 반려동물을 키우게 되면 생활에 지장을 주거나 관리가 잘 안될 때는 버리고 싶어지는 마음이 들기도 할 것 같다. 때문에 반려동물의 입양은 잘 생각해 봐야 할 일이다. 만동은 이미 우리 손에서 노년을 맞았으니 살아 있는 동안 잘 해 줄 일만 남았겠지만.

유언

오빠들의 만장일치로 가족 묏자리를 만들었다. 엄마가 운명하실 시점에 맞추어 아버지 묘와 먼저 간 오빠의 묘도 함께 이장하자는 의견을 모았다. 한꺼번에 해야 속된 말로 누가 잘 되느니 못되느니 이설이 나지 않는다는 게 모두의 생각이었다. 큰오빠가 여기저기 살펴보러 다니느라 발품을 많이 팔았다. 마침 친정집 뒷밭이 났다고 했다. 300여 평을 눈여겨 두고는 풍수가도 보여주니 좋다고 했다. 드디어 형제들이 형편대로 십시일반 돈을 추렴해서 계약을 마쳤다. 그 뒤로 노모가 있는 집이니 갑자기 큰일이라도 당할까 봐 진즉에 묘 터를 닦아놓기까지 했다. 엄마가 좋아하는 꽃나무도 심고 엄마에게 직접 보여 주면서 신나해 하기도 했다. 얼핏, 죽음 앞에 선 엄마의 불안한 동공을 나는 보았다.

철없는 행동임을 깨닫는 순간 엄마는 이 세상 사람이 아니었다. 개 앞에서도 죽음을 이야기하면 알아듣고 슬퍼한다고 했는데 너무 무심하게 떠들었나 싶기도 했다. 자식들의 입장은 꼭 그런 게 아니었더라도 죽음을 앞둔 엄마 입장에서 보면 영원한 약자일 수밖에 없을 뿐더러 얼른 돌아가시길 바라는 게 돼 버렸잖은가.

이태나 지났을까? 엄마는 갑자기 식음을 전폐하기 시작했다. 병원에 의식 없이 누워 있는 엄마를 보니 무덤 자리 미리 만들어 놓은 것도 죄스러웠다. 만약 내 자식이 "엄마 여기 묻을 거다." 한다면 얼마나 무섭고 서러울까? 누구나 흙으로 돌아간다지만 막상 죽음을 눈앞에 둔 입장이면 도살장에 끌려가는 가축만 보아도 눈물이 날 것이다. 실제로 가축도 죽음을 앞두고는 눈물을 흘린다. 엄마는 안 그랬다. 고려장도 아니고 이쪽 마음을 다 헤아리는 엄마였다. 미리 준비해 두는 것도 자식의 도리 중 하나라고 겉으로는 흐뭇해했다. 우리의 입장도 있겠지만, 엄마는 엄마 입장이 있는 법. 그전에 엄마 마음을 헤아려 주는 게 자식의 도리가 아니었나 싶다.

"백수하라고 말만 번드르르하게 하면서 무덤 자리 파냐 요놈들아!" 했을 것 같다. 한편으론 미리 준비하는 게 잘하는 일이라 등 두들겨 줄 것도 같다. 언제부터인지 몰라도 살아생전 못한 효도가 한 맺혀서 그리워하기보다 무덤자리 번듯한 것이 효도라고 생각하는 세태가 된 것 같다. 무덤자리 보고

"아따, 그 집 무덤 잘 썼네! 자식들이 다 잘 됐나 보네?" 하는 소리를 한다. 물론 우리 가족이 그렇다는 건 아니고 추세가 그렇다는 것이다. 산 조상부터 잘 모시고 나서야 죽은 조상도 보이는 법인데 유교사상은 보이지 않는 죽은 조상에게도 상다리 휘어지도록 제사상을 차려다 바친다. 나부터도 얼굴도 모르는 시부님 제사상에다 대고 잘 되게 해 달라고 빌기도 한다. 귀신이 뭘 안다고 그러느냐 하겠지만 왠지 내려다보고 계실 것만 같은 게 후손 마음인 게다. 조상을 향한 불로장생의 마음인 것이다.

엄마는 묘 터가 좋다고 했다. 살던 집도 보이고 강도 보이고 절벽 위에 소나무들도 사시사철 푸르며 철철이 옷 갈아입는 나무들은 한 철 꽃으로 마음을 환하게 해 준다는 게 엄마 생각이다. 요즘 가족들이 다 그렇듯이 한집에 살면서도 소통이 불가하다. 방방마다 문 닫고 들어앉으면 누구나 혼자가 된다.

좋긴 하다. 엄마 돌아가시고 멀리 있어서 자주 못 갔던 아버지 산소며, 늘 마음 한쪽이 아리던 오빠 산소며 나란히 옮겨 놓으니 한꺼번에 볼 수 있게 되었다. 나중엔 온 가족이 다 묻힐 것이다. 살았든 죽었든 보기 싫어도 한꺼번에 안 볼 수 없다. 저승 산천 가는 길도 덜 적적하겠다는 생각이 든다.

단지, 화장을 할 수밖에 없어서 우리 모두 마음 아려했다.

마을 뒷산이라 나중에 물이 나서 썩은 내가 올라올 수도 있다고 화장하자는 데에 어쩔 도리가 없었다. 평생을 화장기 없는 얼굴로 살다가 입관 때 화장한 엄마 얼굴이 너무나 고왔기 때문에 더 마음이 아팠다. 좀 더 오래 뽐내고 싶어 하지 않으려나? 아버지한테 가서 나도 이렇게 예쁜데 왜 딴짓했냐며 따지도록 놔두고 싶었다. 한량이던 아버지 옆에 죽어도 묻히기 싫다고 치매 앓던 중에도 싫다고 했다.

이건 비밀인데 이제는 밝혀도 될 것 같다. 내가 엄마 귀에다 대고 엄마가 거기 묻혀야 후손들이 잘 된단다 하니

"응."

대답하던 엄마 얼굴이 아직도 떠오른다. 엄마는 마지막엔 큰손녀를 큰딸로 착각했는데 큰손녀 이름을 대니 화들짝 눈을 뜨기도 했다. 눈빛은 허공중에 매달려 무슨 생각 하는지 궁금했다. 죽음이 뭔지도 모를 텐데 유언처럼 남긴

"응."

말 한마디에 구십일곱의 엄마는 흔쾌히 아버지 옆에 묻혔다. 강요하고 윽박지른 것 같아 죄스럽기 짝이 없다. 우리 마음 편하자고 들은 대답 아니던가. 반대했다 하더라도 아버지 옆에 묻을 거였지만 그랬다면 두고두고 찜찜했을 것이다.

"가까워서 좋긴 좋네."

함축된 말이다. 아래를 내려다보니 오뉴월 꽃들이 지천

이다. 엄마 좋아하는 영산홍이며 이팝꽃이며 경북 북부지방이라 늦봄에 초봄 꽃이 피는 게 흠이지만 한꺼번에 다 보고 쉬시라고 그러는 거라 위안 삼아본다. 엄마 돌아가신 지 일 년째 첫 기일이 다가온다. 엄마 떠나기 두어 달 전 자꾸만 아버지가 거실에 와 있다고 나더러 나가 보라고 했다. 모셔 오겠다니 극구 싫다고 했던 엄마. 아버지와 해후는 했으려나? 간간이 꿈에 뵈는 엄마는 아버지 만났다는 말은 없고 여전히 자식 걱정뿐이다.

요즘 부모 옛날 부모

어린 날, 아침저녁 밥상머리와 잠잘 때만 부모님과 함께 했다. 부모님이 바깥일이나 집안일 등으로 바쁜 탓도 있었지만 어린 우리가 더 바빴다. 이유는 단 한 가지! 호시탐탐 놀 궁리하느라고. 내 어린 날은 꿈을 먹고 살았노라고 감히 말하고 싶다. 밥 먹을 때 말고는 자유 시간 때때로 오빠들이 불러다 잔심부름이나 자기가 할 일들을 떠넘기곤 했지만. 공부를 등한시한 것은 아니었다. 저녁 먹고 둘레상에 연년생 언니랑 오빠랑 둘러앉아 시시덕거리며 일기도 쓰고 숙제도 하다가 바로 위 오빠에게 꿀밤도 맞고 부엉이 우는 밤마실도 다녀오곤 했다. 그 틈새에 부모님은 절대로 끼어드는 법이 없으셨다. 그렇게 형제를 통해 사회성을 길러나가던 시절이 있었다. 언니나 오빠는 인생의 선배였고 일상을 공유하는 동료 같기도 했던 시절이었다.

얼마 전, 한 초등학생을 상담하게 되었다. 가정폭력의 실태를 알게 되었다. 아버지도 어머니도 "너 하나 때문에 밖에 나가서 이 고생한다"고 하는데 아이는 그런 부모 때문에 집에서 학교에서 학원에서 고생을 한다. 집에서 강요당하는 밤늦은 학습에다 제대로 하지 못하면 폭력까지 쓰는 아버지, 거기에 어머니의 잔소리는 또 어떤가. 모두 자식을 위해서라는데 아이는 도무지 영문을 몰라 한다. 직장에서의 스트레스까지 감정에 실어서 아이를 구타하는 부모. 결국 극심한 상처가 아이의 몸과 마음에 쌓여가게 되었다. 학원 역시 한우고기도 아니고 1등급의 아이를 만들어 내겠다는 일념으로 아이에게 폭력을 썼다. 그 사실을 부모도 알고 있었다. 아이의 성적 향상을 위해 묵인할 뿐만 아니라 성적이 오르지 않으면 때려서라도 올려 달라고 했다고 한다. 그 스트레스를 학교에 와서 이상한 행동으로 보여 주던 아이는 결국 학교 폭력의 가해학생으로 낙인찍히게 되고 말았다.

요즘 부모는 너무 바쁘다. 옛날처럼 대가족일 때는 부모의 부재에도 형제끼리 사회성을 키우며 우애 있게 잘 자라는 경우가 많았다. 그런데 자식이 한두 명인 요즘 부모가 더 바쁜 이유는 아이들을 종용하고 채찍질하고 억압하고 잘했을 때 보상까지 해 줘야 하기 때문이다. 가장 중요한 사랑은 없고 책임과 의무만 가중되기 때문이다. 당연히 부모도 스트레스를 받는다. 온 가족이 다 모였어도 서로 웃지 못한다. 아이는 부모 눈치, 부모는 자신에게 부합하지 못한 자식에 대한 원망이나 질타가 난무한다.

"나는 어쩌면 생겨 나와 옛이야기 듣는가 … (중략) … 내가 부모 되어서 알아 보리라"는 노랫말이 생각난다. 아이들이 생각할 수 있도록 한 발 뒤에서 따라가 보는 부모가 되어야만 아이들은 행복하다 할 수 있을 것 같다.

봄날의 흔적

봄 햇살이 싫다. 봄이라는 이유로 만물이 깨어나는 것도 부담스럽다. 봄이 더욱 싫은 이유는 두통 때문이다. 긴긴 두통의 시작은 봄꽃이 필 때부터이다. 생텍쥐페리의 「어린 왕자」 속 바오밥나무줄기 같은 줄기가 내 머릿속을 파고드는 느낌이랄까, 스멀스멀 내 머릿속으로 기어드는 통증은 마음을 암울의 늪에 빠져들게 했다.

아, 지겨워라 봄꽃들,
끝내지 않는 봄의 자락에 매달려
몸서리치고 있다 활화산 같은 목련도
산중턱 붉게 타오르는 진달래도
아직 저토록 난분분한데
봄은,
욕심도 많다

머릿속 헤집고 다니면서 독기 뿌려 놓는다
아, 터질 것 같은 머리통!
차라리,
흐드러진 꽃무더기 위에 얹어 두고
슬그머니 도망치고 싶다
그 꽃나무,
온 산천에 썩은 피비린내 뿌리도록!

— 졸시, 「폭발하는 봄」 전문

몇 해를 그렇게 암담한 봄을 보내다 보니 시간이 너무 아깝고 허무하기까지 했다. 급기야 봄을 보내는 나만의 방법을 생각해 보게 되었다. 그것은 나른해 뵈는 커피숍이나 카페를 찾아드는 것이다.

어릴 때부터 단체생활에 적응을 잘 못하고 대인기피증이 나도 모르는 사이에 생겨났다. 사람 많은 곳에 가면 괜히 어지럽고 두려웠다. 나를 잘 모를 때는 괴팍한 내면이 곧잘 밖으로 드러나 상대방이 난감할 때도 있었던 것 같다. 나를 조금이나마 알게 되면서 큰 모임을 줄이고 혼자나 마음 맞는 한두 사람과 마음을 나누곤 한다. 그러기엔 조용한 여행지나 구석진 카페가 안성맞춤이다. 또 내가 선호하는 카페나 커피숍은 양반집 대문짝만 한 창이 있는 이 층이다. 그곳은 공상하기와 책을 읽으며 눈치 안 보고 시간 보내기에 그만이다. 거의 폐업 위기에 있거나 주인장의 능력이 대단해서 종업원에게 대충 던져 놓고 아예 코빼기도 안 비치는 그런 곳이다. 올봄에는 다행히 적절한 곳을 물색하였기에 바깥활동은 핑계삼아 접어두고 남의 둥지를 찾아든 뻐꾸기처럼 그곳으로 뻔뻔하게 잠입해 들었다.

카페는 들어서기 민망할 정도로 고요가 흘렀다. 참 고요하네? 카페지기와 눈이 마주치자 쑥스러운 나머지 나도 모르게 흘러나온 첫마디였다. 들르는 시간은 오전 10시 30분이 적당했다. 난 시간이든 규율이든 엄격하게 지키고 다른 사람도 지켜 주길 바라는 편이다. 자주 속앓이를 하는 것도 이 때문이다. 있던 자리, 그 시간을 지키는 편인데 공동생활하기에 매우 거슬리는 족속에 든다고 누가 그랬다. 그러거나 말거나 태생이 그런 걸 어쩔 수 없다는 주의로 난 이 카페에 시간을 지켜 출근하듯 들르기로 했다. 그러자니 적이 거슬리는 순간들이 포착되기도 했다. 이렇게 멍 때리듯 앉아 있는 종업원인 카페지기와 마주치는 것이었다.

음악이 있을 법도 한데 그 흔한 피아노나 바이올린 연주곡 하나 흐르지 않는 카페. 진열대엔 마네킹들이 봄옷을 입은 채 온갖 포즈를 취하고 있고, 출입문 오른쪽에

'책을 갖고 오시면 커피를 공짜로 드립니다.^^'

문구가 붙어 있는 이 카페는 묘한 매력을 풍기고 있었다. 얼핏 바겐세일 문구쯤으로 착각할 수도 있겠지만 난 알아봤다. 나를 부르는 문구란 걸. 첫날, 나는 초라한 행색으로 글귀를 따라 안으로 들어갔다.

몇 번은 옷이나 장신구를 구경하는 척 들어가곤 했다. 한참 서성이다가 가방에 있는 시집 한 권을 꺼내서

"아무 시집도 되나요?"

"그럼요, 아무 책이나 돼요."

내 시집은 아무 책이나 되어 여직원에게 건네지곤 했다. 시집을 받아든 여종업원은 주인이 시켜서 하는 일이란 듯 데스크 한 귀퉁이에 시집을 휙 밀쳐두고는 커피를 내리는 시늉을 한다. 커피는 이미 내려진 상태란 걸 난 안다. 내 시집이 이미 모두에게 잊혔을 거란 것쯤 알듯이.

여종업원에게 시집 한 권을 주고 적당히 식은 아메리카노 한 잔을 받아든 채 올 때마다 이층 창가로 가서 죽치고 앉는다. 차는 고사하고 신축 아파트를 겨냥했는지 옷이나 장신구 등을 곁들여 팔고 있는 이 이상야릇한 카페엔 두어 시간이 지나도 손님이라곤 개미 새끼 한 마리도 들어오지 않는 게 무척 좋았다.

대부분 그랬다. 내 명상은 아메리카노가 싸늘하게 식을 때까지 방해받지 않는다. 난 커피를 썩 좋아하는 편이 아니라서 한 모금도 마시지 않고 나올 때도 있다. 분위기 때문에 들

어가서 자릿값으로 시키는 것이다.

매일은 아니더라도 일주일에 두세 번 그 카페를 들락거리다 보면 봄은 다 갈 것이라는 계산이 섰다. 지독한 봄날은 카페에서 보낸 시간과 함께 흘러갈 것이고, 그 흔적은 여러 편의 시로 남을 것이다. 물 흐르듯이 시간은 흐르고 난 여전히 그 카페에서 여름을 보낼지도 모른다. 카페가 영업 부진으로 폐업신고만 내지 않는다면…….

* 안타깝게도 일 년도 못 되어 예견대로 카페는 문을 닫고 말았다.

풍경들

늘 보던 풍경이건만 유난히 아름다울 때가 있다. 아침이 다르고 점심, 저녁이 다른 풍경들은 시시각각 다른 모습으로, 향기로, 지저귐으로 나를 맞는다. 감탄은 풍경을 더욱 설레게 한다.

"우와!"

저절로 감탄을 내놓을 때 풍경들은 서슴없이 그들만의 향기를 한껏 내뿜어 준다. 그래서 때때로 절경이 되기도 한다. 사람들은 거기에다가 팔경八景이니 십경十景이니 이름 붙이기에 급급하다. 그러는 사이 풍경은 고즈넉해진다. 솔숲이 그러하고 호수가 그러하다. 눈 덮인 산의 묘미가 가슴 가득 느껴질 무렵, 신록이란 새로운 얼굴이 우리를 낯설게 한다. 그래도 좋다. 산은 단풍으로 곧 우리를 반길 테고, 곧 설산으로 우뚝 솟을 테니까.

여기저기 싸돌아다니기를 좋아하는 나에게 하필이면 내가 사는 이 좁디좁은 소도시에서 나만의 열 가지 풍경을 찾아 달라는 청탁을 받았다. 어디 있을까? 그런데 있다. 우리가 흔히 대구 십경十景이라 하면 서거정(1420~1488) 선생을 떠올린다. 선생은 대구 십경을 다음과 같이 정해 놓았다. 제1경이 금호강 뱃놀이, 2경이 건들바위 고기 낚기, 3경이 거북산의 봄 기운, 4경이 금학루의 밝은 달, 5경이 남소의 연꽃, 북벽의 향나무 숲, 동화사 중을 찾다, 노원의 이별, 팔공산 쌓인 눈, 침산의 저녁 놀 순으로 정해 놓았다. 아마도 선생은 사계를 마음으로 충분히 만끽하신 것 같다.

자세히 살펴보면 십경十景은 장소가 아니고 카메라 초점에 잡힌 순간의 포착 같은 것이었다. 이런 풍경들이라면 나에게도 있다.

북지장사 늦가을 연못가에 핀 한 무더기의 구절초, 백안동 목련나무숲의 봄, 대륜사 백매화, 이른 봄 동신교 아래 풍경, 대구 국립 박물관 뒷산 백매화의 봄, 북지장사 여름 솔숲길, 겨울 동화사의 옛길, 파계재 삼성암 텃밭에 핀 물봉선, 수목원 가을 속 꽃무릇 떼, 무태 초여름 왕버드나무숲과 가을 흑갈대밭 등이다. 제각각 다른 감성으로 다가온 풍경들이지만 사무치도록 그리운 곳들이기에 주절주절 나열해 본다.

어느 한 곳 빼놓기 아쉬운 풍경들이다. 먼저, 백안동 목련

나무숲의 봄은 참으로 스산해서 좋다. 황량하기 그지없는 대지를 찾는 봄 손님이 바로 목련 아니던가. 자칫 지나치고 마는 풍경은 한 마지기 소금밭처럼 하얗다. 목련 숲은 그렇게 봄맞이를 하고 있었다. 처음 이 숲을 만났을 때 무척 설레었다. 넓은 바다에 홀로 떠 있는 섬 같은, 미운 오리 새끼처럼 외따로 버려진 느낌이 들었으며, 그 순간 난 매우 외로워져서 가슴에서 눈물이 꾸역꾸역 올라왔던 기억이 난다.

다음으로 백안동에 있는 대륜사 백매화는 나에게 눈물 같은 풍경이다. 정말 낯선 길 찾기에서 찾아낸 풍경이다. 문득 들어가 본 골목 끝자락에 너무나 아담한 절간이 있었다. 그리고 좁디좁은 절마당은 소스라칠 정도로 정갈했다. 온갖 봄꽃들이 눈 뜨기 시작할 무렵이었다. 낮은 담장 밑에 뿌리내린 멀대 같은 백매화가 샘물처럼 퐁퐁 꽃잎을 터뜨릴 무렵이었다.

하염없게 한다
대륜사 앞마당,
키만 멀대장승 같은 매화나무에
꽃잎 멋쩍다 담장이
제 키 반도 안 되어 기웃기웃 넘보지 않아도
훤한 절마당은
매화나무가 반 차지할 정도로 자그마니
정겹다

(중략)

나풀 날아 허공에 묻혀

가뭇 사라질 듯

야릇한 설렘으로 다가와

시간을 붙들어 놓는다

괜히,

—졸시, 「대륜사 매화」 일부

정말 이랬다. 둘이 겨우 엉덩이 붙이고 앉으면 딱인 요사채 마루에 앉아 하염없이 마당을 주시하다가 돌아오곤 했다. 마음이 정화되는 순간순간들이었다. 특히 백매화가 필 무렵, 흐드러질 무렵이거나 꽃잎 떨굴 때는 눈물이 땅바닥에 소복소복 쌓이는 기분이 들었다. 눈물 같은 백매화의 봄은 대륜사에서 끝나는 게 아니라 대구 국립박물관 뒷산에서도 이어진다. 살풋 봄바람 나기 좋은 풍경들이 거기 있다.

실은, 그랬다네요

매화 꽃잎 살짝 날아와

그녀 입술만 훔치고

달아나듯 그에게로 갔답니다

(중략)

하필이면

왜 그때 꽃잎이 입술에 앉았다 갔을까요
자궁문 열어 놓고
무분별하게 산란하는 매화꽃 그늘 안으로
둘은 왜 숨었을까요
매화 꽃잎 다 어쩌라고

— 졸시, 「봄바람」 일부

다음은 북지장사 늦가을 풍경이다. 북지장사는 천년 고찰인 만큼 들어가는 입구부터 숙연하게 한다. 길디긴 솔숲 길을 걷노라면 저절로 힐링이 됨을 체험한다.

삼십여 년 전, 처음 이 길을 걸어들면서 다시는 나가지 않으리라 다짐하게 했던 곳이기도 하다. 그 때 이 길은 너무나 꼬불꼬불했고 많이 깊어서 세속이 멀어짐을 느꼈기 때문이다. 북지장사는 이처럼 깊은 골짝에 숨겨진 절인 만큼 비경도 있었다. 굳이 가을에 가보라고 권유하고 싶은 것은 한 무더기 구절초 때문이다. 작은 못에 얼비친 구절초의 가을은 뼛속 깊이 누군가를 그리워하지 않으면 안 되게 했다. 농담처럼 나누던 말들이, 시구가 떠올랐다. 북지장사 밑에 세 들어 한 두어 달만 살고 싶다고. 구절초 지고 못물 얼면 마음만 두고 훌쩍 속세로 내려가리라.

마지막으로 소개하고 싶은 곳은 대구 수목원에 있는 꽃무릇이다. 함초롬하다는 말이 딱 어울리는 꽃이다. 군락으로도 한 송이로도 다 매력적인 꽃이다. 이른 아침 이슬 머금은 꽃무릇의 얼굴을 보기 위해 수많은 사진작가들이 몰려온다. 인위적으로 심어진 꽃을 별로 좋아하는 편이 아니라 친구의 권유에 마지못해 갔는데 꽃에게 미안했다. 마치 미인대회를 하듯 비스듬히 자태를 뽐내는 꽃무릇은 상사화의 일종이다. 잎 없는 대궁이에 화들짝 핀 주황 빛깔의 꽃을 보노라면 유난히 정열적임을 느낀다. 구 월 하순의 수목원은 꽃무릇 천지라고 해도 거짓이 아니다.

누구든 마음속 풍경을 한두 곳 지니고 있을 것이다. 아련한 추억 같은 풍경을 보면서 유유자적하고 싶은 것이 사람의 마음인지라 사람들은 전원을 꿈꾸고 자연을 벗하고 싶어 하는 게 아닐까? 내가 꿈꾸는 열 가지 풍경은 이렇게 글로써 마무리되었지만, 내 마음속에서는 아름다운 치유로 간직될 것이다. 그리울 때마다 한 경씩 떠올리면서 마음의 번뇌를 털어낼 것이다. 세월의 흐름에 따라 그 풍경들이 눈앞에서 사라지고 없을지라도.

마스크 시대

강변은 산책하는 사람들의 물결로 가득하다. 개미군단들이 봄맞이 나온 것처럼 새까맣다. 사회적 거리란 미명 아래 삼삼오오보다는 개개인의 활동이 코로나19 전과 후의 모습이다. 씁쓸하기 그지없다. 결국 나도 나가봐야 하나? 갑갑한 맘에 나서보지만 저 군단에 휩쓸리기가 두려운 입장이다. 슬쩍 피해 외곽지로 잠깐씩 돌고 찝찝한 마음으로 들어오곤 한다.

"한 달이면 끝나겠지. 좀 힘들어도 견뎌보자."

서로 위로와 격려를 주고받던 말이나 문자도 식상해져가고 있다. 여러 달이 지나 여름을 곤두박질치고 다시 일어나는 변종 바이러스들은 말릴 수가 없다. 아니, 전파자들의 활동을 말릴 방법이 없다.

세상은 마스크 시대가 되었다. 누군가 현관 초인종을 누르면

"잠깐만요."

마스크부터 찾아 끼고 문을 열어 준다. 택배는 아예 문 앞에 두고 간다. 비대면이 생활화되어 이웃 간의 정은 안 그래도 없는데 더 없어지게 되었다. '턱스크', '귀스크' 등의 신조어까지 등장했다. 북한의 5호 담당제처럼 마스크를 하지 않고 나다니면 범죄자처럼 현행범으로 체포될 날이 곧 올 것이다. 이미 공공장소나 대중교통을 이용할 때 마스크 미착용으로 검거된 사례도 속속 보도되고 있다. 지금도 눈치껏 벗었다가 혹은 턱스크나 귀스크를 하고 있다가 앞에 사람이 마주 오면 얼른 입과 코를 덮는다.

난 안면폐쇄공포증-자가 진단명임-이 있어서 얼굴에 마스크팩도, 어떤 밀착도 하면 심장이 멈출 듯 갑갑함을 느낀다. 그래서 마스크 시대가 나에겐 비극의 시대이다. 지금은 나보다 남을 위한 배려가 우선이라 웬만하면 외출을 하지 않고 나가게 되면 평생 안 쓰던 마스크를 일상화하다 보니 없던 아가미가 생기듯 견딜 만해졌다. 안면폐쇄공포증보다 바이러스감염이 더 무서웠던 모양이다.

며칠 전, 자동차 서비스를 받으려고 카센터에 갔다가 대기실에서 기다리는데 옆사람이 턱에 마스크를 걸고 있었다. 소심한 성격 탓이기도 하거니와 잘못 말했다가 시비가 붙기라도 하면 낭패다 싶어 힐끗 쳐다보고 얼른 고개를 바로 돌렸다. 그 사람은 얼른 마스크를 끌어올렸다. 어르신들이 풍수

사납다고 하시더니 딱 그 꼴이었다. 자칫 인심이 나빠져서 밤길도 조심 다녀야 할 판이다. 산소 부족으로 산소마스크를 할 날이 올 거라는 상상은 했지만 바이러스 때문에 마스크를 하고 살아야 할 줄은 꿈에도 생각하지 못했다.

봄하늘이 가을하늘처럼 파랗다고
누가 톡을 보내왔다 구름이 푸른 하늘의
입 안으로 스르르 빨려 들어가는 형상으로 나앉은 하늘 한 쪽,
가까이 다가가면
땅에 내려앉지 못하고 공중에서 녹아버리는 눈처럼
흔적 없이 사라질까 봐 서러운
어린 날의 추억 같은 날들이 펼쳐진다
땅에는 바이러스가 떼로 몰려다니는데
하늘이 저리 푸르다니
너무 푸르러서 구름조차 여릿여릿
하늘빛에 물들어가는 봄날에
강가로 난 산책로에는 로봇처럼 움직이는
사람들, 힘내보겠다고 운동에 한창이지만
그나마도 두려운 날들이다
세균들을 비말로 뿌려대고 있는 어마어마한
산실이 도처에 있을지도 모르는데
복불복 게임하듯 나다니는 저들은

공상과학영화 속 한 장면처럼 스릴 넘친다
문득 저들이 뿜어내는 입김들이
스멀스멀 되살아나서 다시 저들을
공격해 올 수도 있다고,
나가 놀고 싶다며 졸라대는 아이들에게
경고하듯 알려 주는 정직한 엄마도 있다
하늘은 깨끗하게 푸르잖니 얘야, 그런데
세상에서 가장 무서운 건
이 땅에 살고 있는 지저분한 인간들이란다
봄날이 때가 되면 가듯이
강호묵객처럼 떠도는 바이러스들,
곧 사라질 거라고 뉴스에서도 계속 떠들어쌓잖니
두고 보자꾸나,
우리가 만든 세상쯤 우리가 어쩌지 못하겠니

—졸시, 「강호묵객 같은」 전문

비양심적인 행태들이 바이러스를 만들어내는데 원인을 모른다고 할 수 있겠는가. 잠잠하다 싶으면 들고일어나는 대모임들, 집회, 환경오염 등 모두가 인간들이 만들어내 놓고 백신 개발에 몰두한다. 앞서 개발한 메르스니 사스니 하는 백신들은 무용지물처럼 사라지고 없다. 불과 얼마 되지 않았는데 코로나19 시대가 되어버렸으니 지구 멸망을 예고하던 종교

학자의 말을 되새겨봐야 할 때이다.

코로나19로 폐허가 된 도시에서 단 한 명의 생존자가 살아나가는 모습을 시뮬레이션으로 본 적이 있다. 짐승보다 더 못한 삶을 보여 주었다. 살았다고 할 수가 없다. 페스트는 인류 역사상 가장 끔찍했던 전염병으로 유럽 인구 3분의 1을 사망으로 몰고 갔다. 어쩌면 페스트균보다 더한 인명피해를 보게 될지도 모를 미래가 코로나19를 몰고 성큼 지구 속으로 들어온 것이다.

20여 년 전 아이들에게 미래 과학 글짓기를 가르칠 때 모습과 같은 생활이 지금 일어나고 있다. 설마 이런 날이 올까. 상상하던 세계가 내 눈앞에 우리 눈앞에 펼쳐지다니……. 우리는 믿는다. 의학을. 미래 혁명을. 그러나 믿음 전에 우리가 해야 할 일도 있지 않을까? 모르고 현관문을 나서다가도 얼른 마스크로 입과 코부터 가려야만 생명을 보호받는 세상이 되었다. 봄이 가고 여름이 가고 가을이 오는 동안 어느 정도 익숙해진 삶 앞에 부끄러움이 앞선다. 아무리 환경에 적응하는 동물이 인간이라지만 참으로 나약하지 않은가. 하지만 우리가 바라는 세상이 곧 이뤄지리라 소망하면서 오늘 하루도 보내고 있다.

사과

오래전, 알고 지내던 시인이 사과를 한 개 건네주면서 사과한다고 한 적이 있다. 아재 개그 같은 행동이었지만 웃음을 나오게 만든 일이었다. 그는 사과할 일이 있으면 꼭 사과를 주면서 정중하게 사과한다고 했다. 행동은 가볍지만 마음은 정중해 보였다. 멋쩍은 듯 고개를 갸우뚱하고 웃으며 사과와 함께 사과를 받아주었던 기억이 난다.

큰 개를 키우다 보니 이웃에게 내 마음과 다르게 사과해야 할 일이 종종 생긴다. 내가 꼭 무슨 잘못을 해서가 아니라 개를 데리고 다닌다는 이유에서이다. 낮은 자세로 어린아이든 어른이든 대해야 할 때가 많다 보니 어떨 땐 적잖이 기분이 상할 때도 있다. 장사하는 사람 똥은 개도 안 먹는다 했는데 개 키우는 사람 똥도 안 먹을 것 같다. 무슨 죄인 다루듯 하는 사람들을 보면 개보다 못한 인간들도 많은데 왜 저럴까?

나무라고 싶을 때도 많다. 그럴 때마다 조용히 자책하기도 한다. 개가 아니더라도 나를 낮춰서 나쁠 게 없지 않느냐고. 사과란 게 하는 사람의 태도도 중요하지만 받는 사람의 태도가 더 중요한 것 같다.

어느 날 아침, 이런 일이 있었다. 산책로를 지나가는 아저씨를 피해 서 있는데 힐끗힐끗 쳐다보기에 먼저

"개가 커서 죄송합니다. 놀라셨죠?"

사과 섞인 인사를 건넸다.

"경우도 없이 큰 개를 몰고 나와요?"

대뜸 쏴붙이는 것이었다.

"반려견이니까 봐주세요."

웃는 얼굴에 침 못 뱉는다고 한마디 더 덧붙였다. 마음속으로는 산책로를 활보한 것도 아닌데 왜 그러냐고 따져 묻고 싶었다. 경우란 게 도대체 어떨 때 사용되는 말인지도 논리적으로 가르쳐 주고도 싶었다. 적반하장으로

"그만 됐네요."

거두절미하고 쌩하니 가버렸다. 뭐가 됐다는 건지 모르지만 내가 수그리를 제대로 안 해서 민망했나 보다. 어디서나 큰소리쳐서 이겨야 직성이 풀리는 사람이 있다. 우리는 그런다. 집에서 꼼짝도 못 하고 나와서 큰소리친다고. 아내에게 꼼짝 못하는 사람, 며느리에게 꼼짝 못 하는 시어머니로 분류해 놓고 한 번씩 큰소리칠 때마다 그러려니 넘어가 준다. 똥쭐 타

서 가는 뒷모습을 보고 어이가 없어 한참을 지켜서 보다가 왔다. 여자끼리도 아니고 큰오빠 또래 되는 남자와 이런 말을 주고받다 보니 갑자기 만감이 교차하는 느낌이었다. 대범하지 못한 사내 같으니라고. 자기 마누라보다 어릴 법한 여자를 붙들고 시시비비 가리는 꼴이 한심해 보였고, 그런 자와 입 섞어 소통을 해보겠다고 사과 아닌 사과를 하면서 굽신거렸던 내 자존심이 땅바닥에 떨어진 것 같았다.

이런 때도 있다. 같이 승강기를 타야 할 경우이다. 무섭거나 불편하면 미리 올라가라고 하는데도 욕지거리를 퍼붓는 사람도 있다. 그래도 죄송하다고 해야 하나, 잠시 고민해 보게 된다. 개 키우는 게 죄짓는 일이라면 절대 키우지 않았을 텐데.

다 그런 건 아니다. 대부분 배려를 하기도 한다. 개를 싫어하는 마음은 충분히 이해한다. 사람 간에도 싫고 좋음이 성립되는데 하물며 개는 짐승이잖은가. 그런데 말 못 하는 짐승도 자기를 싫어하는지 좋아하는지 사람보다 더 꿰뚫어 본다. 그래서 경계하고 물려고도 한다. 모른 척 지나치면 되는데 소리치거나 해코지를 하려고 하면 개도 놀라서 방어하려다 물게 되는 것이다. 뉴스를 보면 개가 문 것만 탓하고 왜 물 수밖에 없었는지에 대해 언급한 적이 없다. 물론 피해자가 사람이기 때문에 문제가 되는 것은 맞다. 가해자가 있으면 피해자가 있기 마련이다. 그것은 사람끼리 허용되는 말이지 사람과 짐승은 다르다고 본다. 말 못하는 짐승을 제대로 관리해야 하는 것도 사람 몫이지만 무시하고 천대하는 것은 사람이 할 짓이 아니라는 것이다. 패티켓을 잘 지키고 다니는 견주에게 몰상식한 행동을 보이는 사람은 현대인이 아니라고 생각된다. 반려동물 시대가 된 지 언제인데 아직도 불편한 눈초리를 건네는지 이해가 가지 않는다. 그래서 진심 어린 사과가 나오지 않을 때도 있다. 하지만 싸움이 일어나면 백발백중 견주에게 문책이 돌아가기 마련이라 절대로 언성을 높이지 않는 버릇이 생기기도 했다.

이웃이 원수란 말도 있다. 원수를 사랑하라는 말도 있다. 이럴 때 사과를 한 가방 넣고 다니면서 사과할 일이 생길 때마다 탐스러운 사과를 한 개씩 꺼내주면서

"잘 봐 주세요."

하면 미쳤다고 하려나.

3부

기다리다

한순간

한순간은 순식간이란 말과도 같다. 한순간 잘못된 판단으로 그녀는 극단적인 선택을 했다. 순식간에 그녀의 목숨을 앗아간 집채 만 한 파도. 등등. 한순간은 스스로 선택할 수 있지만, 순식간은 부지불식간에 일어날 수 있는 일이나 행위 정도로 해 두자.

나에게도 한순간이나 순식간의 일들이 많았다. 한순간의 결정이 평생을 좌우할 수도 있고, 순식간에 일어난 일로 부모를 떠나보내기도 한다. 고백하건대, 엄마를 떠나보낸 계기가 나의 잘못된 선택의 한순간 때문에 일어난 것 같아 구곡간장이 녹아내리는 아픔을 겪었다. 어쩌면 순식간에 일어난 일일수도 있겠다.

엄마가 며칠째 곡기를 끊었다는 소식을 접하자마자 나는

도시의 병원으로 모시고 와야 한다는 생각뿐이었다. 한달음에 시골로 가서 남매들과 의논하는 가운데 우기듯 몰아붙여 엄마를 내가 있는 동네 중소 요양병원으로 옮겼다. 지금 생각해 보면 한순간의 선택이 엄마를 지옥의 세계로 보낸 것이나 다름없다. 나는 요양병원이 엄마를 낫게 해 줄 줄 알았다. 내가 간병하고 요양보호사들이 번갈아가며 엄마를 케어해 줄 테니까 충분히 가능할 거라고 믿었다. 드라마나 소설 속 이야기처럼 조용한 병실에서 엄마와 도란도란 못다 나눈 담소나 나누면서 엄마의 마지막 길을 배웅해 주고 싶었던 게 내 속내였다. 그런데 첫날부터 양손을 묶어야만 안전하다고 병원 측은 보호자인 나에게 허락을 이끌어냈다. 다음날 아침에 가니 사지가 묶여져서 버둥거리는 엄마를 보고 기절초풍했다. 엄마의 정신은 하룻밤 새 오락가락하고 있었다. 정신적 쇼크가 극에 달했다.

엄마를 모시고 나왔어야 했다. 이미 가실 날을 정해 놓은 육신이었지만, 조금만 더 일찍 모시고 나왔어도 엄마는 딸을 외할머니로, 손녀를 딸로 잘못 인식할 일은 없었을 것이다. 이런저런 핑계로 보름이나 버티다가 결국 집으로 모셨다.

이미 치매가 깊어져서 강한 약을 쓰지 않으면 잠을 이룰 수 없을 정도로 힘들어했다. 나중에는 안압이 높아져서 눈에

피가 서릴 정도였다. 아, 한순간, 내 잘못된 선택으로 엄마가 저 지경에 이르렀나 싶어서 견딜 수가 없다. 엄마는 그렇게 떠났다. 몇 달을 엄마를 따라가고 싶을 만큼 깊은 죄의식에 시달려야만 했다. 우울증에 시달리는 동안 가방에는 수면제 한 통이 항상 들어 있었다. 여차하면 순식간에 일어날 수 있는 선택이 내 몸과 정신을 지배해 가고 있었다.

엄마가 꿈에 나타났다. 나를 흘겨보면서 나무라는 것 같았다. 온몸이 통증으로 고통스러운 밤을 보내는 중이었다. 엄마 때문에 나는 눈을 떴다. 몇 달을 울다가 지쳐가는 동안 나는 끊임없이 수면제 약통에 손이 갔다. 몇 해 전 불면증이 너무 심해서 더러 처방받아먹었던 병원에서 아무 의심 없이 넉넉하게 처방해 주었다. 아무도 모르게 가고 싶었다. 누구도 떠오르지 않았다. 엄마 말고는 진심으로 곡진하게 나를 생각해 줄 사람이 또 있을 것 같지 않았다. 엄마와의 58년 삶이 허망했다. 나는 너무나 부족했고 엄마는 폭포수보다 더 넘쳐흐르는 사랑을 가진 사람이다.

얼마 전, 모녀의 극단적인 선택을 뉴스로 보았다. 연예인인 딸과 그녀의 어머니. 얼마나 힘들었으면 딸이 원하는 대로, 외롭고 험한 황천길을 동행할 마음을 먹었을지 충분히 공감은 간다. 마음이 바뀌어 한순간, 어머니가 딸의 손목을 끌고 밝은 세상으로 나아가길 설득했더라면 어땠을까? 지금 어떤 모습으로 세상 앞에 서있을지도 궁금하다. 너무나 힘들어서 숨 쉬는 것마저 고통스러울 때 옆에 누군가가 있다면 말을 건넬 용기를 가지는 것도 나쁜 한순간을 이겨내는 방법이리라.

문득 옆을 보니 나만 바라보는 또 다른 가족이 있었다. 내가 사랑으로 보듬어야 할 내 식구였다. 내가 깊은 시름에 한숨지을 때 얼마나 두려웠으랴. 그럼에도 알게 모르게 나를 지지해 주고 있었다.

"하마터면 큰일 날 뻔했지."

지금은 이렇게라도 말할 수 있어서 좋다. 엄마가 나에게 했던 것처럼 나도 곡진하게 섬겨야 할 내 가족이 있어서 얼마나 다행인지 모른다. 엄마가 꿈속에서 눈 흘기지 않았더라면 난 엄마 손잡고 외로운 저승길을 동행했을 것이다. 나에게 딸이 있어 선택의 기로에 서있다면 같이 가자는 말보다 같이 살자는 말을 이제는 당당하게 할 수 있을 것 같다.

명색

내용이나 실속은 그 이름에 걸맞지 않지만 그러한 부류에 속한다고 내세우는 이름이나 지위를 '명색'이라 한다. 부끄럽지만 "명색이 시인인데."라는 말을 하고 싶을 때가 더러 있다.

얼마 전, 모 문인단체에서 시집을 펴냈다고 출판기념회 겸 작가 리뷰를 해 준다고 했다. 이왕이면 뜻깊은 행사가 될 수 있도록 작가가 사는 동네 도서관 시청각실에서 열어 주겠다고 했다. 물론 도서관은 대관료를 내고 빌려서 행사를 해야 한다고 해서 내심 고맙기도 하고 미안하기도 했다. 이래저래 도서관 행사장도 보고 점검도 해야겠기에 행사 며칠 전, 가벼운 발걸음으로 도서관에 가게 되었다.

밖에는 행사를 알리는 현수막이 걸려 있었다. 이 또한 문인 단체에서 해 준 것이다. 맞은편에는 이것보다 두 배는 넓고 긴 현수막이 걸려 있었는데 서울의 유명 시인 초청 강연을 알리는 내용이었다. 그것은 도서관 자체에서 걸어준 것이다. 그것을 보는 순간, 조금은 기가 죽고 은근히 도분이 나기도 했다.

도서관 내부에 들어오니 층층마다 초청 시인의 얼굴이 도배지처럼 붙어 있었으나 정작 대관 행사를 알리는 안내문은 어디에도 없었다. 아무리 대관을 해서 행사를 한다지만, 초청 인사와 급이 얼마나 다른지는 모르겠지만, 명색이 시인인데 갑자기 얼굴이 화끈거림을 감출 수가 없었다. 누구는 일 년에 두 번이나 돈 주고 모셔오고 누구는 대관료를 주고도 대접 못 받는 꼴이 되었으니 화가 치밀어 오르지 않겠는가.

더욱이 담당자는 대관료에 한해서 해 줄 수 있는 것이 정해져 있다고 했다. 마이크 시설도 제대로 되어 있지 않고 알아서 하라는 식의 호의 아닌 호의를 보였다. 행사 중에는 담당자의 얼굴도 볼 수 없었다. 다행스럽게도 회원 중 한 분이 마이크며 여러 시설도구를 구해 왔기에 망정이지 당일에 낭패를 당할 수도 있을 일이었다. 반면 초청된 그분께는 어떻게 했는지 물어보고 싶었다. 차 한 잔도 아끼고 싶었는지 내어 주지 않는 관내 도서관. 지역에도 이름난 시인들이 많다.

급도 높아 보이지도 않는데 언론매체에 좀 알려졌다고 고액 강연료를 주면서까지 불러들여야 하는지 한심한 처사에 손가락질하고 말았다.

지역 문화를 살리자고 말로만 떠들 게 아니다. 그 지역에서 할 수 있는 일은 그 지역에서 해내야 한다. 그 지역에 어떤 문인, 예술가들이 살고 있는지 적어도 관내 도서관이나 문화단체에서는 알아봐야 할 것이다. 그리고 그들이 제대로 활동할 수 있도록 작은 지원이라도 해주는 것이 지역 문화재단이나 지역 도서관이 해야 할 일이 아닐까 한다.

여름 한 철

여름은 젊음의 계절이라고 노래하는 가수들도 있다. 사계절로 치면 분명 여름은 화려하고 산천초목이 푸르르게 웃자라는 계절이다. 오곡백과가 푸릇푸릇 청년기를 맞아 싱싱함을 뽐낸다. 산으로 들로 바다로 강으로 싸돌아다녀야 제맛인 계절이 여름이다. 그러니 당연히 젊음의 계절이랄 수밖에.

나에게 여름은 칩거의 계절이다. 봄이나 가을이 되면 홀로든 짝을 맞춰서든 살짝살짝 돌아다니길 좋아한다. 시끄럽게 다니기보다 잘 알지 못하는 유적지나 사람 발길이 덜 닿는 산길이거나 산사 등 봄가을에 갈 곳은 무수히 많다. 여름은 그렇지 못하다. 더위를 심하게 타기도 하거니와 남들 다 나오는 바캉스의 계절에다 근본적으로 사람 많은 곳을 싫어하는 성향 탓이 크다. 더욱이 나라도 덜 설쳐야 환경오염을 줄일 것 같은 요상한 철학이 발동하는 탓도 있다. 그래서 삶터도 도심

한가운데보다 변두리를 선호한다.

몇 해 전, 반야월이라는 동네로 이사를 왔다. 대구에서는 변두리 지역이다. 반야월은 안심습지가 길게 마을을 가로지른 동네이다. 사계절 변화무쌍한 습지 구경만 하고 있어도 바깥이 그립지 않은 곳이 반야월인 것 같다. 적당히 바깥이 그리울 무렵, 여름이 왔다. 내가 가장 싫어하는 계절이다 보니 동네 밖을 나가기는 싫고 내가 있는 바운더리에서 여름 나기를 준비해야 했다. 나만의 성을 만들어 놓고 나서야 직성이 풀렸고, 무척 즐겁게 여름을 날 수 있게 되었다. 아니면 들어앉아서 서생처럼 책이나 파고 여름을 견뎌내야 하나? 여름만 되면 깊은 시름에 빠지곤 한다. 그런데 이곳에 이사를 오고 나서는 근처에 거대한 연밭을 찾아냈기 때문에 여름이 신선하게 다가왔다. 이웃과 담을 쌓고 살다 보니 혼자 알아내야 할 게 많은 번거로움도 있지만 혼자여서 좋은 게 더 많았다. 이유는 시간을 쪼개서 활용할 수 있다는 것이다. 크고 작은 연밭들이 산책길을 사이에 두고 올망졸망 연꽃을 피워댈 때면 나날이 시간시간이 변화무쌍해서 볼거리가 마구마구 넘쳐났다.

오전 10시 전에 탐색이 시작되곤 한다. 아니면 오후 네 시 이후에 나가야 된다. 한낮엔 엄청난 일조량이 쏟아지기 때문에 연밭 근처만 가도 정글에 들어간 것처럼 후끈거린다. 그 시간엔 짧은 낮잠을 즐기거나 그늘을 찾아 가벼운 책 읽기를 해도 그만이다. 이른 시간에 한 바퀴 거닐면서 사색을 즐기다가 오전 10시에 문을 여는 레일 카페에 들르면 딱 맞는 시간이다. 아이스 아메리카노 한 잔을 시켜놓고 노트북을 편다. 점심시간 전에는 대부분 테이크아웃 손님들이라 카페 안은 한가하다. 죽은 역사驛舍를 살리려고 폐레일을 카페로 만든 사회적 협동조합 카페이다. 카페에 앉아 있으면 집에 있을 때보다 집중력이 몇 배는 강해진다. 그날그날 연밭에서 본 것들을 메모해 두기도 하고 시를 만들기도 한다. 때때로 그냥 멍청하게 나를 방치해 둘 때도 있다. 일명 멍 때리기로 나만의 명상의 한 방법이라 생각한다.

여름 한 철을 연못가에서 보내노라면 아무도 만나고 싶지 않아진다. 가끔 우울감이 밀려오기도 하지만 그 또한 연꽃을 보노라면 눈 녹듯 사라지곤 한다. 밤이면 꽃잎을 한껏 오므렸다가 아침이면 만개하는 연꽃 꽃술에서 풍겨오는 향기는 어떤 향수보다 은은하다. 그러고 보면 연꽃 향수는 왜 개발하지 않는지 모르겠다는 생각이 들 정도이다. 약간 떫은 듯하면서도 상큼한 향이 연꽃의 향이다. 선들선들 연잎이 부채질도 해 준다. 못가에는 백일홍을 심어 서로 예쁨을 뽐내는 길도 있다. 갈 때 미리 가보거나 올 때 가보거나 하면 지루하지 않게 연밭을 돌아볼 수 있다. 연꽃이 피는 곳을 연못이라고 하지만 내가 다니는 곳은 연밭이다. 왜냐하면 관상용이 아니라 연근이나 연밥, 연잎을 수확해서 내다 팔기 때문에 연밭 단지라고도 한다. 자연호수가 아닌 인공 호수 같은 연밭이지만 크기들이 앙증맞아 각기 다른 연들이 자라는 것 같은 착각에 빠지기도 한다. 연밭에는 물새들도 많이 살고 있다. 때때로 눈맞춤을 하기도 한다. 부레옥잠이나 가시연을 별도로 심어놓은 연밭도 있다. 그래도 여름인지라 더위에 조금 지칠라치면 정자가 떡하니 오라고 손짓한다. 중간중간 흔들의자나 그네가 있어서 일렁일렁 더위를 식히곤 한다. 거기 앉으면 시집 한 권쯤은 후딱 읽게 된다. 사람에게서 느껴보지 못한 온갖 감정들이나 위로, 위안 등을 한껏 덤으로 주는 연밭이다. 작은 스트레스라도 쌓일 때면 어김없이 연밭을 찾는다.

나는 때때로 깊은 우울의 늪에 빠질 때가 좋다. 죽음을 생각할 정도로 깊이 빠져 있다가도 여름 한 철 연꽃들을 보면서 바닥을 치고 올라오는 신비한 힘을 만끽하게 되었다. 아, 나도 살아 있었구나, 용기 있게 되돌아본다.

잘 살았나, 못 살았나, 부끄러웠거나 옹졸했던 순간들을 내려놓게 된다. 그래서 산책이 삶의 윤활유가 되는 건가 싶다. 어떤 이들은 구경도 하지 않고 두 팔 두 다리를 씩씩하게 놀리며 걸어간다. 그러면 묻고 싶다. 굳이 연밭을 걸을 필요가 있나요. 학교 운동장을 돌든지 집안에서 런닝머신을 타든지, 라고. 그런데 자연은 다 안다. 느낌을 준다. 그들이 내딛는 걸음마다 향기를 뿜어 준다. 그들에게 연밭은 플러스알파의 기운을 준다고 믿는다.

이렇게 오롯이 나만의 즐거움을 만끽하는 동안 우격다짐으로 갇혀 지내는 날이 모두 앞에 오고야 말았다. 하던 일도 멍석 깔아 놓으면 하기 싫다더니. 세상 밖으로 나가고 싶던 차에 닥친 모진 한파 같은 바이러스로 지구 전체가 위험의 소용돌이에 빠졌다. 여전히 비말 바이러스를 피해 감금당하듯 칩거에 들어야 하는 나날들이 시작되었다. 스스로 갇혀 지내는 것과 강제성을 띠는 갇힘은 많은 공포와 공허를 몰고 왔다. 이는 또 다른 감정의 시선詩線 위에 나를 올려놓았다. 온 천지에 맑은 공기를 뚫고 비말 바이러스들이 벌 떼처럼 파고드는 시절을 맞이하였으니. 그간에 즐거웠던 칩거가 무색해졌다. 어디든 가만두지 않고 달려드는 바이러스를 감당할 수 없기에 차라리 바깥으로 나갔다.

예전처럼 달갑진 않지만 사람들이 조심스레 교행을 하였다. 산책을 하는 동안 사람들을 만나면 마스크 안에서 숨을 몰았다가 저만치 벗어나서 내쉬곤 했다. 내 시들도 일상과 엇나간 일상을 담아내고 있었다. 갑갑하지만 다시 내 안에 충실해야겠다는 생각으로 연못을 찾았다.

이러다가 가을도, 겨울도, 이듬해 봄도 연못 곁을 떠나지 못할 것 같다. 딱 여름 한 철만 연못을 배회하려고 했는데. 여름이 아니면 모를, 이유를 알 수 없는 감정들이 있다. 여름이 모두 녹아 있는 크고 작은 연못들은 심연의 저 끝까지 나를 이끌어 주는 유일한 벗이었으므로. 이제는 유일함보다는 다양함을 찾아보려 한다. 여름을 떠나 가을에서, 겨울과 봄 사이 어떤 일들이 벌어질지 모를 연못에서 기다림의 미학을 배워보련다.

자인장 가는 길

결국 반야월을 떠나 경산으로 이사를 왔다. 6년 만의 이동이다. 정이 들 만하면 우린 그렇게 떠나길 반복하는 철새 같다는 생각을 하곤 한다. 이 모두 큰 개를 키우다 보니 생기게 된 현상이다. 이사를 자주 다니느라 오랜 단골가게나 동네 오빠 같은 지인이 없다는 것도 장점 아닌 장점이다.

각설하고, 경산에 이사를 오고 나서는 자인장을 더 자주 가게 되었다. 내가 자인 시장을 자인장이라고 지칭하는 데는 이유가 있다. 오일장이 서기 때문이고 자인이란 지명에는 왠지 자인장이라 부르면 정감이 가기 때문이다, 다시 각설하고, 우리 집에서 자인장을 가려면 여러 개의 연못을 지나치게 된다. 남매지부터 진못, 삼정지, 이름 모를 여러 연못들을 지나야만 자인장에 갈 수 있다. 그래서 경산 주변 장에는 가을을 기점으로 연근이 많이 쏟아져 나오는 모양이다. 아무튼 자인장은 경산시 자인면에 있는 전통시장이다. 3일과 8일 오일장이 서고, 상설시장이 상시 열려 있다. 오래전부터 이 장을 드나들었다. 경북 내륙지방에는 돔베기란 생선을 제사상에 올린다. 자인장 돔베기가 유명하다는 설이 있기도 하고, 소박한 장터가 마음에 들기도 한다. 한 가지 이유를 더 들면 가는 길에 이름 없는 연못들이 눈을 즐겁게 해 주기 때문이다.

자인장 가는 즐거움을 만끽하기에는 오뉴월에서 가을까지가 가장 좋다. 오뉴월 뙤약볕에 웬 나들이냐 하겠지만 난 서슴없이 길을 나선다. 고갯길이 있어 좋고, 꼬불꼬불 미로가 있어 신비로운 길이다. 높은 둑이 있는 호수는 어떤 모습일지 궁금해서 좋고 가는 길에 훤히 드러난 연못에는 연잎이 뽀록뽀록 소리를 내며 올라온다. 연방 큰 잎을 너풀거릴 것만 같아서 들뜨는 마음이 된다. 자인장 가는 길의 오월은 연못이 더욱 잘 드러난다. 연꽃이 피기 전 연못은 연꽃을 피우기 위한 예행연습이라도 하는 듯 수선스럽다. 미리 넓적한 잎을 드러낸 연의 몸에서는 꽃순이 올라오려는 몸부림으로 산모가 자궁을 열기 위해 온갖 용트림을 하는 것처럼 보인다. 그 모습을 보고 나서 꽃이 흐드러진 연못을 보면 꽃대가 올라오기 전 푸르른 연잎이 마지막 활개를 치던 모습이 떠올라 짠하면서도 정감이 간다.

자인장에서 장 보기를 한다는 즐거움보다 가는 길에 흠

뻭 빠져서 때때로 길을 놓치기도 한다. 그러면 그만 장 보기를 포기하고 돌아올 때도 있다. 상관없다. 오가는 길에 매료되어 가끔씩 빈손이 즐거울 때도 있으니까. 불타는 집을 보고 거지가 아들에게 우린 불탈 집이 없으니 다행이라고 했다는 우스갯소리가 떠오른다. 때때로 비어 있어서 홀가분함을 느낀다. 다시 채워 나갈 수 있다는 희망을 주는 즐거움을 동반한 홀가분함이니까.

오늘은 자인을 살짝 벗어나 반곡지라는 오래된 연못을 다녀왔다. 뉴기니아봉선화가 가을빛과 어우러져 한창 피어나고 있었고 물에 얼비친 고목은 어느 새 단풍으로 물들 준비를 마친 듯 여유로웠다. 물론 돌아오는 길, 자인장에 들러 연근 한 자루를 사들고 왔다. 오늘 저녁 반찬은 연근조림에 연근찜이다.

가을날 자인장 가는 길은 코스모스가 지천이고 단풍길이 광화문광장처럼 열려 있어 속이 확 트인다. 봄에서 가을까지 수시로 들락거리는 장터 입구, 어탕국수집도 일품이라고 옆에서 한마디 거드는 사람이 있어 더 좋은 시간이다. 나는 허름한 그릇가게도 마음에 든다고 말한다. 거기서 사온 양은솥에 푸릇푸릇 나물을 삶는 저녁을 맞이할 수 있어서 행복한 나날이다.

죽은 것들의 살아 있음

'마음이 몸을 읽는다.'

문학치료를 공부하면서 체험한 감정이다. 거꾸로 말하면 몸이 마음을 읽는다는 뜻이기도 하다. 마음이 서러우면 몸도 서럽다는 것을 뇌는 인식한다. 우리 몸이 고통을 느끼게 될 때 통증을 줄여 주기 위해 뇌에서 만들어지는 게 엔도르핀이라고 한다. 마찬가지로 몸을 쓰다듬으면서

"아프지 마라, 아프지 마라."

주술처럼 외다 보면 실제로 몸이 반응을 한다는 것을 느끼게 된다. 신기한 체험이었다. 식물도 건드리면 실제로 반응하여 나쁜 사람, 착한 사람을 가려낸다고 한다. 나쁜 사람이 지나가면 잎을 바르르 떤다고 한다. 문학치료는 단순한 치료가 아니라 몸과 마음의 고통을 덜어주기 위해 뇌에서 내보내는 엔도르핀과 같은 역할을 해준다. 문학치료를 하다 보면 약물치료의 개념을 넘어서 치유에 가까운 개념이라는 것을 알 수 있다.

부끄럽지만 내 시의 작업 방향은 사람이든 식물이든 혹은 동물(짐승)이든 그들의 서러운 몸을 마음으로 풀어내어 치유하고자 하는 데에 중점을 둔다. 스스로 상처를 쓰다듬어 주려는 마음에서 시작된 대부분의 시들은 몸이 아플 때 죽음에 대한 두려움을 떨쳐내면서 건져낸 산물들이다. 죽음보다 아픔이 더 고통스러울 것이라는 상상을 하면서 아픔을 견뎌내다 보니 아픔도 줄어드는 것 같았지만 약간은 감정 이입이 된 시들이 많다. 그러한 감정을 들어내는 작업 또한 필요하다고 본다. 의도적으로라도 노력하는 중이다.

어릴 때부터 해오던 짓거리가 바로 시 쓰기이다. 어느덧 등단 30년이 넘었는데 등단 전 습작기까지 합하면 40여 년 시에 매달려 살았던 게 아닌가 싶다. 농부가 눈 뜨면 밭에 나가듯이 그렇게, 누가 뭐 하냐고 물으면 돈벌이도 못 하는 게 마땅히 대답할 게 없으니 "시 쓰는데요?" 한다.

새빨간 거짓말이다. 시라는 게 쉽게 다가갈 수 없는 문학 장르다 보니 조금은 눈감아 주니까 궁여지책이었던 변명이었던 것도 같다. 돈벌이를 못했던 이유가 몸이 병약했던 탓도 있었지만 따지고 보면 사회성이 부족했던 탓이 크다. 이런 성향들이 어쩌면 시 쓰기에 안성맞춤인 성격일 수도 있었겠다 싶다. 앞의 여러 정황상 대부분의 시들은 여러 감정들이 복합되어 쏟아져 나온 상처투성이의 몸이다. 그런 몸을 마음으로 다독여주는 과정이 내 시의 완성단계이다. 완성단계라는 것은 시의 좋고 나쁨을 벗어나 있는 내 주관적인 생각이다. 대표적인 시가 「기웃거리는 아버지」란 시이다.

아버지 내 몸 들락거리시네
몸 하나 차지하려는 악다구니에
삭신이 와글와글 분주하다네
저승에 못 가셨나, 아버지
이승의 몸에 자꾸 붙으려 하시네
늦여름 홍살문 앞뜰에 핀 상사화처럼
몸 따로 맘 따로 허허로운 맘
어찌 알고 찾아와선
꿈을 빌미로 딸 몸 탐하시려나,
몸 구석구석 기웃거리다가,
하룻밤에 몇 차례 들락날락하시다가,
밤새 그러시다가
손 흔들며 영영 돌아가신다 하네
오색찬란한 들판 지나
안개 자욱한 수평선 가로질러
저승문 들어가시네
신열로 들끓던 몸이,

둥둥 날아갈 듯 가벼워지는 아침이네

―졸시, 「기웃거리는 아버지」 전문

자세히 들여다보면 내 시는 몸을 읽는 마음으로 쓰는 시다. 그럼에도 내 시의 기본은 서정을 바탕으로 하고 있다. '끝을 향해 가는 삶을 위무하는 서정의 본령에 충실하다'고 한 평론가의 해설처럼 시를 한 편 한 편 만들어 가다 보면 나도 모르게 늘 아픈 내 삶의 극복 의지를 보여 주려고 애쓰는 흔적들이 구석구석 드러난다. 그것을 '죽은 것들의 살아 있음'이란 명제로 정해 둔다.

시를 쓰면서도 치부를 보여주는 것 같아 아직도 부끄러울 때가 많다. 미흡하다는 생각이 꼭 남기도 한다. 꼭 덜 여문 곡식 같다는 생각이 들어서 더 열심히 시에 매달렸던 것 같다. 시를 정통으로 공부한 적도 없고 어릴 때부터(초등 5학년) 시인이 되고 싶은 마음 하나로 시를 써왔던 게 내 인생을 망치게 한 건지 시를 망치게 한 건지 고민될 때도 있지만, 배고픈 시절, 특히 일종의 중독처럼 내 가까이 있어 준 피붙이 같은 시를 어찌 멀리하랴.

시든 꽃이며, 버려진 동물, 늙어가는 초로의 인간들, 스스로 늙어간다는 것에 대해 고민하고 삶의 상흔들을 어루만져 주려고 애쓰기도 한다는 평론가의 말은 포장된 표현이다. 그들을 보면 나를 보는 것 같아 그냥 눈여겨보고 왜 저러고 사나? 싶은, 꼭 살아야 하나? 하는 의문들을 갖게 된다. 내 시에는 늙고 병들고 그러면서도 욕망을 벗어버리지 못하는 인간과 자연, 자신과 온 세상을 연민의 시선으로 바라보게 된 것일 수도 있다. 앞의 시집의 내용들과 중복되기도 하지만 필립로스의 소설 『죽어가는 짐승』에 다름없는 삶을 그대로 드러내는 게 아니라 승화시키고 스스로 극복해 나가고자 애쓴 시집이 『아버지 내 몸 들락거리시네』라고 생각한다.

> 제가 할 짓이 뭐 있겠는가요 끼가 넘쳐 제비를 키우겠는가요 연애는 귀찮아서 더 싫고요 사기도 못 치지요. 주일마다 교회갈 일도 없죠 절에는 가뭄에 콩 나듯이 한 번, 돈이 많아서 부동산 사업을 하겠는가요 사교춤도 못 추니 콜라텍 한번 못 가봤네요 그렇다고 잠을 잘 자서 낮이나 밤이나 뒹굴뒹굴 잘 수도 없죠 주구장창 일구월심 제 무덤 파듯 시나 파고 사는 거라요
>
> — 졸시, 「독백」 전문

이 시처럼 정말 시를 쓰는 삶이란 어처구니없게도 너무나 멋없고 하릴없는 행위라는 생각이 자주 든다. 내 시는 그렇다. '시집 한 권 주면 아메리카노 커피 한 잔을 주는 카페'(시

「율하에 들다」)처럼 시집도, 시비들도 난무하는 시대에, 시를 써서 부귀영화를 누려보겠다는 것도 아니고 딱 위의 시 내용 같은 생각이 들 때가 많다.

나는 시를 쓰면서 시를 통해 일상 속에서 미학의 흔적을 남기고자 한다. 과하지 않게, 요란하게 세상을 향해 비판의 잣대도 들이대지 않고, 잘난 척하지도 않는, 말 그대로 욕망을 내려놓는 얼핏 보면 허무주의적 요소들로 보일 수도 있다. 하지만 결코 허무적이지 않는 서정적 자아가 살아 있는 미학의 작업을 해 왔다고도 자부한다. 숱한 세월 동안 잠깐의 갈등은 있었지만 비루먹은 개처럼 시에 빌붙어 살았던 것도 시를 잘 쓰고 싶다는 욕망 때문일 수도 있겠다. 그렇다면 시를 통해서 가벼워질 수 있을까?

졸시 「기웃거리는 아버지」는 초고일 때는 꿈 내용대로라면 매우 에로티시즘적 요소 혹은 근친상간적 요소가 가미된 시였다. 그런데 내 스스로 털어내지 못한 경계나 윤리, 지나칠 정도로 도덕적인 잣대를 재느라 엉뚱한 곳으로 빠져버렸다. 아버지가 내 몸을 탐한다면 참 민망할 거도 같았으니까. 그러한 한계를 허물어버렸다면 아주 훌륭한 시를 쓸 수도 있었을 것이다. 한계의 늪에 빠지곤 한다. 내 한계가 드러나서 스스로 안타깝기도 하다. 그래서 차라리 시집 발문 내용처럼

"'제 무덤 파는 일'로, 시 쓰기가 자신만의 고독한 작업임을 확인하면서도, 일상적인 잡담으로부터, 또는 세속적인 욕망들로부터 벗어난, 외롭기 짝이 없는, 무위의 작업임을 강조하고 있는" 걸 수도 있겠다는 생각이 든다. 이렇듯 내 시 세계는 외로움을 수용하면서도 자유로워지고 싶은 아주 얄팍한 수작으로 보이기도 한다.

어쨌거나 나는 시를 잘 쓰고 싶다는 마음이 앞선다. 내 시에서 단아하다는 말을 많이 듣는데 그 말은 썩 달갑진 않다. 내 부족한 시에 대한 견해라 숙연하게 받아들이긴 하지만, 극복해야 할 부분이라고 본다. 나는 시 쓰는 일이 누구에게 자랑할 일도 대단한 일도 아니라고 생각한다. 그렇더라도 내 속에 있는 아물지 못한 상처 하나를 끄집어내어 더 헤집어보는 작업, 다 털어내고 가벼워지고 싶은 마음이 내가 시를 쓰는 진정한 이유인 것이다. 감정을 끌어내려면 이렇듯 몸과 마음을 움직이지 않으면 안 되는 것 같아서 일부러, 때로는 억지로, 혼자 놀기를 즐겨보려고 애쓴다.

오늘은 동네 습지의 울울창창한 숲을 사진으로 남겨두었다. 찍을 때는 몰랐는데 찍고 나서 사진을 들여다보니 구석구석 참 재미있는 장면들이 보인다.

예를 들면, 벚꽃길을 배경으로 사진을 찍었는데 벚나무

들 사이에 교회 입간판이 벚나무인 양 떡하니 서있다든가 땅에 묻힌 빈 독을 찍었는데 사진 속에는 단지에 고인 물속에 얼비친 하늘과 무당개구리가 있다. 이들은 시의 소재가 되기도 한다. 내가 굳이 포착하려고 애쓰지 않은 것들이 사진 속에 있다. 사물을 통해 보이는 그리움, 외로움, 슬픔, 아픔, 애틋함 등이 그것이다. 이러한 감정은 구태의연하고 관념적이지만 한 번은 꼭 드러내보고 싶은 내가 택한 시어들이다.

내 시에 내재된 감정들은 아픈 시어들로 드러나지만, 시에서의 지나친 감정들은 시를 실패로 이끌 수도 있겠지만, 감정들을 통해 인간의 내면을 들여다보고 싶었다. 내 삶이 거기에 있고, 내 몸이 내 마음이 거기에 있기에 소중한 단어들이다. 이 모두 죽은 것들을 살려 내려는 내 시 쓰기의 여정이라 할 수 있다.

혼족

"눈물밥을 먹어본 적 있는가?"

가끔씩 이런 질문을 해보게 된다. 가난해서일 수도 있고, 어떤 계기로 서러움이 북받쳐 올랐을 수도 있다. 삶에 지쳤거나 가까운 사람을 떠나보냈을 때 등 많은 이유에서 울면서 밥 순갈을 입으로 떠 넣어본 적이 있을 것이다.

쓸데없는 고집으로 사서 고생을 한 시절이 있다. 이십 대 후반이었는데 집에서 결혼하라는 말에 시달리다 못해 독립을 해버렸다. 말이 독립이지 단칸 달세 방에 그것도 엄마의 쌈짓돈으로 사글셋방을 얻어 나왔으니 눈물밥을 고봉으로 먹지 않을 수 없는 형편이었다. 요즘 말로 혼족으로 살게 된 것이다. 그 바람에 아이들을 모아서 글쓰기를 가르치는 일을 업으로 삼아 십수 년을 하고 살았다. 돈푼깨나 만지게 되자, 그 시절은 까마득하게 잊혀졌다.

그때 생긴 습관 하나가 있다면 물에 밥 말아 먹기, 밥 먹을 때 말할 상대가 없으니 밥 먹는 시간은 단 오 분도 채 안 걸렸던 기억이 난다. 삼십 대 후반이 되어 결혼을 하고 둘이 되었지만 난 혼족 때 습관대로 살고 있었다. 습관이 참 무섭다는 걸 새삼 깨달았다.

"난 혼자다, 외롭지 않다."

주문을 외듯 내 하드웨어에 설정해 놓고 웬만하면 혼자 카페 가기, 밥 먹기, 혼자 나들이하기 등 내 일상은 혼자 시작해서 혼자 끝나게 해 놓았다. 그래야만 옆에 있는 사람에게 의지하지 않게 되고 서로에게 자유로워질 수 있기 때문이다. 물론 함께 할 때도 있다. 남편이 퇴직을 하면서 같이 밥 먹을 기회가 많아졌는데 둘 다 한 마디도 하지 않고 혼밥을 즐기고 있는 게 아닌가. 아마 그도 오랫동안 독립되게 살아왔던 습관 때문일 것이라 생각하니 이해가 되기도 하고 어쩌다가는 무슨 생각을 하면서 밥을 먹는지 물어보기도 한다. 그러면 아무 생각 없이 밥 먹는 일에만 열중하고 있다고 대답한다. 그럴 땐 부부가 한 마음이라 좋다고 대거리해 준다.

어쩌면 둘이지만 혼자인 듯 살 수 있는 문화가 우리에겐 필요하다. 사람들은 만나서 떠들고 놀기를 좋아한다. 가만히 있으면 불안한지 한마디라도 더하려고 기를 쓴다. 둘이지만 혼자처럼 살면 방해도 받지 않고 꼭 필요할 때 서로 마음을 맞춰서 맡은 일에 최선을 다할 수 있어서 좋다는 것을 모른다. 부부라고 해서, 가족이라고 해서, 친구, 동료라고 해서 무조건 공유해야 하는 사이가 되어서는 불편해서 살 수 없다. 조금 친해졌다고 사생활을 다 알려고 하는 우리네 문화는 끈끈하다 못해 지나친 집착에 가깝다. 어떤 관계든 적당한 게 좋다. 지나치게 혼자이기를 고집하는 것도 문제가 있지만 어울리지 않으면 불안해하는 집단 문화도 문제가 있다고 본다.

혼자 즐기다 보면 여럿이 어울리지 못하게 되고 점점 괴팍해지는 단점도 있다. 하루는 언니가 놀러 와서 함께 밥을 먹는데 오랜만에 만났다고 계속 수다를 떠는 것이었다. 정신이 사나워져서 혼이 났다. 결국 좀 조용히 먹자고 충고 아닌 충고를 했다가 언니에게 괴팍하다고 혼쭐이 났다. 혼자 잘 산다는 것은 결코 만만한 일이 아니다. 내 멋대로 살아도 안 되고 갖추갖추 갖춰 놓고 사람답게 살아야만 진정한 혼족이라 할 수 있다.

지금 내 삶은 온전히 혼자만의 삶이 아니다. 더불어 살되 혼자 잘살아가기 프로젝트라도 만들어야겠다. 오늘은 둘이지만 내일은 넷인 듯 그래도 혼자인 듯 유유자적하게 여생을 보내자고 옆사람 옆구리를 쿡, 찔러본다. 어차피 인생은 혼자 가는 길이지만 동상이몽이더라도 서로의 간섭없이 둘이 한 집에 산다는 것만으로도 행복한 요즘이다.

늙은 개로 산다는 것

우리 집 개 만동이 어느새 사람 나이로 칠십에 들어섰다. 바람결에 나뭇잎이 떨어져도 가슴이 쿵 내려앉는 기분이 이런 걸까? 요즘 만동을 보면 심장이 멈칫하거나 가슴이 벌렁거릴 때가 자주 있다.

첫째, 앉거나 엎드릴 때 하중이 실리는지 무릎을 땅에 자주 찧는다. 제 방석에 앉을 때는 쿠션이 받쳐주니 충격 흡수가 되어 그나마 안심이 되는데 요즘은 꼭 우리를 따라다니다가 우리 발밑에 쿵 앉는다거나 엎드린다. 깜짝깜짝 놀라서 나도 모르게

"아이쿠!"

외마디 소리가 나온다. 그러면 그 소리에 또 놀라서 슬금슬금 달아난다.

둘째, 일어나다가 미끄러지기 일쑤이다. 그럴 때마다 흙마당에 자랐으면 괜찮을 텐데 모노륨이나 강화 마루바닥이라

더 미끄러워서 다리 힘을 길러주지 못해 미안해진다. 우리 좋으라고 아파트에서 키우는 것이니 진돗개인 만동에게는 주인 잘 만난 게 결코 아닌 것이다.

지인들은 주인 잘 만나서 호강한다고 말한다. 개 팔자 상팔자라고. 만동이 입장에서는 개 풀 뜯어먹는 소리로 듣길 것이다. 실내생활이라 자주 목욕하는 것도 개에겐 스트레스이다. 잦은 목욕도 개의 특성상 피부병을 유발할 수도 있다. 전문가 한 명이 말하기를 자기는 개가 스트레스 받을까 봐 목욕도 자주 안 시킨다고 했다. 전문가여서 개의 입장이 되어 주는 것 같았다.

얼마 전, 새 아파트로 이사를 오고 나서 피부병이 생긴 만동이. 여기저기 긁어대서 보면 꽃물 짓이겨 놓은 듯 발갛다. 핏물이 올라와서 흰 털이 빨갛게 물들 때도 있다. 사람 먹는 것을 너무나 먹고 싶어 해서 측은지심에 이것저것 먹여서 그런가 싶다. 병원에 갔더니 스트레스를 받아서 그렇단다. 운동부족이거나 혼자 장시간 두었을 때, 새집증후군 같은 것일 수 있다고 했다. 말을 못 하니 물어볼 수도 없고 우리 잣대로 잘해 주는 건 제 마음에 안 들었다니 참 기가 막힐 일이다. 지나친 애정이 만들어 낸 불량품처럼 마음이 불편해지기도 한다. 늙은 개로 산다는 게 얼마나 힘들까 싶어 보였던 우리의 관심이 개에겐 스트레스일 수 있겠다 싶다. 자고 싶은데 우리보다 먼저 갈 목숨이기에 조금이라도 더 만져 주어야겠다고 다가가서 쓰담쓰담 해 주는 것도 개에겐 귀찮은 일일 수 있다. 곤히 자는데 옆에 와서 깨우면 얼마나 왕짜증이겠는가.

늙은 개로 산다는 것은 참 허무할 것 같다. 사람이라서 마지막을 정리할 버킷리스트를 짤 수도 없다. 주인이 데리고 나가야만 하는 산책도 참 버거워 보인다. 조금만 달려도 숨차하고 산책을 나가지 않으면 먼 산만 멍하니 바라봐서 또 불쌍해져 데리고 나간다. 옛날 살던 집은 그래도 저층이라 마당에서 아이들 뛰어노는 것도 구경하고 개들도 자주 접하곤 했는데 아파트에서 개를 키운다는 것은 감옥살이하는 죄수의 느낌 같을 것이다. 마음껏 뛸 수도 없고 집에서 대소변도 볼 수 없어 참아야 하니 보는 주인인 우리도 안타깝고 미안하다. 산책 나갈 때 말고는 흙냄새도 풀냄새도 맡을 수 없으니 갑갑하고 바깥이 그리울 것이다.

개는 개답게 살아야 한다. 만동은 명색이 진돗개인데 하루 양껏 운동을 하지 못하고 지낸다. 제한이 많은 삶이다. 산에 가면 진드기 걱정, 목줄 때문에 마음껏 뛰지도 못하는 신세라. 하루라도 제멋대로 살다 가게 해 주고 싶어 시골집에 데리고 가서 목줄을 풀어주니 뛰쳐나가질 않는다. 주인에게 길들여진 동물이라 보기엔 대견하다. 빨리 자기에게 목줄을 채우라고 낑낑거렸다. 다시 목줄을 채우니 좋아라 두 발 모아 치켜든다. 이미 자신의 삶을 시나브로 옭아맨 견생이 되었구나. 오호 통제라!

마음의 병病

서른 후반쯤으로 기억된다. 결혼하고 얼마 지나지 않아서부터 지독한 몸살을 자주 앓기 시작했다. 뼛골이 빠져나가는 듯이 통증에 시달리곤 했다. 잠에서도 아팠다. 꿈속에서 신탁神託을 받듯 곧잘 죽은 자를 접신하곤 했다. 병원을 여러 군데 다녔지만 선뜻 병명을 밝혀내지 못했다. 머리부터 발끝까지 온갖 검사를 다해보았지만 허사였다. 선무당이 사람 잡는다고 병명을 못 찾으니 신병神病이라고도 했고, 객귀가 들었다고도 했다. 흡사 신병처럼 들끓는 신열에 시달리곤 했으니 점쟁이들이 가만둘 리 없을 터. 그 바람에 객귀 물림도 해봤고 신기하게도 몸에 붙었던 통증이 귀신처럼 사라지는 체험도 해보았다. 그것도 잠시, 다시 시작되는 통증은 살갗을 도려내고 싶을 정도로 고통스러웠다. 내 몸에 숨은 병마는 그렇게 온몸을 들쑤시고 몸과 마음을 죽음을 떠올릴 만큼 피폐하게 만들었다. 병을 못 이긴 몸 안에 고혈압, 대상포진 등 작은 병들이 쌓이기 시작했다. 온몸을 관장하고 있는 통증에 비하면 고혈압이나 대상포진은 지나가는 감기 같았다.

마지막으로 찾아간 대학병원에서 역시 온갖 검사를 했다. 의사는 주원인을 극심한 쇼크로 인한 스트레스로 보았다. 대부분 병명을 못 찾으면 스트레스라고 한다. 그러더니 실의에 빠져 있는 나에게 영어논문을 내보이며 국내에 아직 번역이 되지 않았으나 증세를 보니 섬유근통 증후군 같다고 했다.

특별한 약도 없다. 운동 열심히 하고 규칙적인 생활을 하라는 것이 다였다. 스무 해가 넘도록 나는 섬유근통이라는 병과 싸우고 있다. 죽음의 끝도 보았고 열 손가락이 굳어서 숟가락 들 힘조차 없을 때도 많았다. 의학이 발달해서 약물치료를 할 수 있게 되었고 섬유근통이라는 병명이 공식화되어 병원에 가면 류마티스 내과 진료과목에 들어가 있다. 하지만 약물은 향정신의약품이라 정신을 흐리게 하고 식물인간처럼 멍하게 했다.

참 모질다
살아온 세월만큼
야문 목련나무의 나이테처럼
고통이라는 통증들,
몸 구석구석 꼭꼭 숨었다가

우울과 불안이 찾아올 때
때마침 비 내리고 어둡살이 내릴 때
유리창에 갇힌 하늘과 바다를 볼 때
가슴이 답답해지면서
한꺼번에 와르르 쏟아져 나온다
정신 차릴 틈도 주지 않고
여기저기 들쑤시고 다닌다
날강도처럼 온몸을 탈탈 털고서야 떠난다
꽃 진 자리만 봐도 살갗이 아리고
뼛골이 시린 병이다

— 졸시, 「섬유근통이란 병病」 전문

명의가 따로 있는 게 아니었다. 소문 듣고 가보면 약 처방이 다였다. 보름 뒤에 가면 그간 어땠는지 체크리스트를 보고 약을 바꾸고 환자 얼굴은 보지도 않는 의사. 내가 바라는 건 말 한마디 따뜻하게 해 주고 힘들지 않았느냐, 힘내라는 말이었던 것 같다. 그 뒤로 난 병원을 가지 않았고 죽기밖에 더하랴. 늘 죽음을 염두에 두고 시를 쓰고 유고 시집처럼 한 권씩 시집을 내고 있다.

어떤 강한 힘이 나에게로 와서 힘을 조금 나눠 준다고 생각될 때가 있다. 어깨, 허리, 팔, 다리의 압통점에서 밀어내던 통증들이 때때로 사라졌나, 싶을 때이다. 그럴 땐 신나게 시를 쓴다. 시를 통해 그리운 이 마음에 묻지 않고, 아픔은 몸에 붙이지 않으려 애쓴다. 먼지 털 듯 툴툴 털어내는 법을 아직도 배워가는 중이다. 꿈에 나타나던 귀신들도 하나 둘 극락왕생들 하셨는지 요즘엔 보이지 않는다. 간간이 지난해 돌아가신 엄마 말고는 날 보러 오는 귀신은 없다. 심신이 강해져서일 거라고 남편이 위로한다. 옛날에는 어떤 말도 위로가 안 되고, 오히려 원망만 가득했는데 지금은 마음에 와닿는다.

마음이 아파서 몸도 아픈 건가? 내 몸에 깃든 병도 마음에서 온 게 아닐까, 의심한 적도 있다. 마음을 다스리면 나아질 것도 같았다. 스트레스를 줄이려고 노력하고 "나무관세음보살"을 수도 없이 불러댔다. 마음이 좀 나아지는 것도 같았다. 아프지 않아서가 아니라 병도 성인식을 하는지 내 몸에 붙어서 스무 해나 보냈나 싶어 안쓰럽기도 하다. 그래서 봐주려고 한다. 죽음 가까이 갈 날이 되면 진심으로 물어보련다. 귀신처럼 저승까지 따라붙을 거냐고.

어릴 적 기억 몇 개

1

옆집에 살던 동영이라는 남자애는 나보다 한 살 아래이다. 무척 뺀질뺀질 했던 기억이 난다. 그날 이후, 지금까지 코피 한 번 흘려본 적이 없다. 일곱 살 무렵이었는데 여자 또래가 없던 시골 동네에서 남자애들과 곧잘 병정놀이를 하고 놀았다. 그날도 아군 적군 나눠서 총싸움을 하고 있었는데 상대편인 동영이 다짜고짜 콧잔등을 쳐서 그만 코피가 터졌다. 내 생애 처음이자 마지막 코피였다. 나중에 어른이 되어 농담처럼 말하니 모른다고 했다. 진짜 모르는지 알고도 민망해서 그러는지 궁금하다.

2

엄마는 내가 기억이라는 것을 알기 오래전부터 정미소

일을 도맡아 했다. 오빠들이 거들긴 했어도 거의 엄마가 다하는 것처럼 보였다. 정미소 일하랴 집안 살림하랴 일꾼들 밥 해대랴 너무나 힘든 엄마를 돕고 싶었다. 초등학교 3학년 때 처음으로 배추김치를 담갔는데 엄마에게 칭찬을 들었다. 여름이라 배추를 숭덩숭덩 썰어 굵은소금에 살짝 절였다가 펌프물을 올려 헹궜다. 우리 마당 귀퉁이에 동네에서 하나뿐인 펌프가 있었다. 마중물을 부어 손잡이를 아래위로 저으려면 내 키에 버거웠지만 잘 해내고 싶어서 혼신을 다해 펌프질했던 기억이 난다. 한참만에 펌프 주둥이에서 물이 콸콸 쏟아지면 온몸은 땀범벅이 되어 있었다. 그래도 좋았다. 엄마를 도울 수 있으니. 헹궈 물기 빠진 배추에 부추를 숭숭 썰어 같이 섞어 젓갈 양념에 대충 버무렸던 기억이 난다. 그 바람에 고생문이 훤히 열렸다. 아이들은 엄마 일을 대신하면서 엄마다워져 간다는 것을 그땐 몰랐다.

3

이웃집 언니들이 양동이를 이고 물 길어가는 아침, 동네 아이들과 길목에 나가 이슬 내린 풀을 양쪽으로 잡아 묶어 두었다. 언니들이 물동이를 이고 오다가 넘어지는 꼴이 너무 우스워서 자주 그랬다. 결국 꼬리가 잡혀 된통 혼났던 기억이 난다. 웅덩이를 얕게 파고 인분을 부어두고 위에 나뭇가지나

풀로 덮어 지나는 사람들이 빠지게도 했다. 요즘 같으면 경찰서에 잡혀갈 일이지만 선 채로 훈방하듯 혼나고 말 일이었다.

4

아무리 힘든 하루를 보냈어도 밤마실은 꼭 갔던 기억이 난다. 딸 많은 정희 언니네 아래채가 우리 아지트였다. 겨울에 특히 이불 하나에 다리 모아 집어넣고 밤늦도록 떠들고 놀기도 하고 게임도 했다. 보리밥이 주식이던 때라 좁은 방에서 피워대던 방귀는 썩은 하수구 냄새보다 지독했다. 그래도 뭐가 재밌는지 그렇게 웃어댔던 기억이 난다. 나에게 친언니처럼 잘해 주던 정희 언니는 40여 년이 지나 엄마가 사는 동네로 이사를 왔는데 고단한 결혼생활에 종지부를 찍고 정신이 온전치 못하다고 했다. 그 뒤로는 소식을 모른다. 지금 어디서 잘 살고 있겠지?

–

4부

–

바라다

가수 김호중

생애 처음으로 한 가수의 팬이 되어 보았다. 가수는 노래만 잘하면 되고 시인은 시만 잘 쓰면 된다. 그런데 시기적절하게 그들의 삶이 내 삶에 물 그림자처럼 스며들면 그들은 최고의 시인 최고의 가수가 되는 것이다.

그런데 삶의 애환을 달래 주는 문화적 요소는 뭐니 뭐니 해도 LP 판처럼 늘어지듯 구성진 트롯 가요이다. 시국이 어수선하고 경제가 어려울 때 더 피부에 와닿는 게 바로 우리를 대변해 주는 노랫말이 담긴 이런 가요가 아닌가 싶다.

최근 경제난도 있거니와 코비드19 즉 코로나19 바이러스로 지구 전체가 초토화될 지경에 이르렀다. 집 밖을 나가기 두려운 시점에 민심을 달래 준 건 정부의 노력보다 어쩌면 가슴을 후벼파는 듯한 트롯 가요인 것 같았다. 대부분 외출이 어려우니 전화로 옆집 얘기처럼 트롯 경연 프로그램에 대해 이야기한다. 누구 노래가 좋더라, 어떤 가수가 좋더라, 등등의 수다로 그나마 시름을 달랠 수 있다고들 했다.

그 가운데 나에게도 딱 꽂힌 가수가 한 명 있다. 김호중이란 가수이다. 노래도 잘하지만 그에게는 어린 나이에 너무나 많은 애환의 삶을 견뎌낸 소나무 같은 느낌이 드는 가수였다. 우울한 나날, 불안한 미래, 어지러운 시국 등을 고려해 볼 때 그의 삶은 지금 사회와 아주 적합하게 잘 맞아떨어지는 것 같다. 그래서 그의 노래를 듣노라면 그의 노래 속에 우리의 삶이 역전이 됨을 공감할 것이다. 게다가 그가 살아온 인생의 뒤안길을 보노라면 어쩌면 우리의 현재를 대표하는 인물 같다. 권정생 선생의 『몽실 언니』라는 동화 속 몽실 언니가 그 시대를 대변하는 인물이듯이 김호중이란 가수는 계산적으로 말하자면 자신의 삶의 덕을 톡톡히 보는 가수이기도 하다. 그의 삶이 영화로도 이미 나왔고, 가수로서의 성공 뒤 인생을 영화로 만든다고 해서 기대도 된다.

내가 김호중이란 가수에게 꽂힌 또 다른 이유는 친조카의 삶과 결부되어 있기 때문이다. 거의 비슷한 환경에서 어린 시절을 보낸 조카가 있다. 김호중이 경연 대회에서 한창 시선몰이를 받을 때 조카에게서 전화가 왔다. 조실부모하고 내 엄마인 할머니 손에서 조손가정의 삶을 견뎌내면서 얼마나 힘들었을지 다는 모른다. 최근에 할머니마저 돌아가시고 조카는 매우 쓸쓸할 것이다. 의지하던 버팀목이 사라졌으니….

"많이 힘들지? 요즘 김호중이란 가수가 노래도 잘하고 너와 살아온 환경도 비슷해서 난 네 생각이 나더라."

"안 그래도 진주에 결혼식 갔다가 그 가수 노래하는 거 봤어요. 정말 잘하더라고요."

노래를 목청으로만 부르는 게 아니고 진정성이 느껴져서 마음에 와닿더라고 했다. 바로 그것이다. 진정한 마음을 담아 대중들도 공감할 수 있는 울림을 주는 힘이 그에게는 있었다. 그러한 힘은 분명 그의 삶에서 오는 것이다. 어린 시절, 불우한 환경이었지만 그는 밖으로 드러난 것처럼 망나니로 살았던 게 아니라 고뇌하고 끊임없이 도전하고 큰 세상을 향해 알아 달라고 외쳐댔던 것이다. 조카도 지금쯤 뿌리내린 삶을 누릴 때가 되었는데 아직도 힘든 모양이다.

"그래. 힘든 끝에 좋은 일도 안 있겠나? 힘내서 살아보자."

이렇게 조카와 연예인 이야기를 나누게 될 줄은 몰랐다. 인기만큼 많은 구설수에도 오르내리는 그이지만 매스컴에서 그를 보면 언제나 흔들림 없이 최선을 다하는 모습이 보기 좋다. 조카를 닮아서 더 짠한 마음에 괜히 눈물 글썽이게 한다. 그도 조카도 인내한 만큼 잘 되길 바란다.

아픈 만큼 성숙해진다는 노랫말도 있지 않은가. 김호중

은 온갖 풍파에도 굴하지 않고 여전히 심금을 울리는 마음의 목소리로 우리를 웃게 하고 울게 한다. 자라나는 청소년들에게 귀감이 되는 모습으로 우뚝 선 김호중은 역시 김호중이다.

요즘 조카가 너무 힘들어한다. 삶과 죽음의 기로에 서 있는 것처럼 불안불안한 곡예를 넘고 있다. 간밤에는 전화가 와서 "사는 게 왜 이렇게 힘든지 모르겠어요." 한다.

다시 김호중이란 가수의 이름을 떠올려 주었다. 조카도 자신보다 어린 가수지만 이를 본받아 힘든 길을 잘 극복했으면 하는 바람으로 김호중 팬카페 문을 오늘도 열고 들어가 본다.

적재적소

동네 대형마트에 장을 보러갔다. 들어서기 무섭게 트롯 가요가 흘러나왔다. 매들리처럼 한 가수가 요즘 인기가수들이 불렀던 노래들을 빠른 음에 맞춰 깔딱고개를 넘어가듯 숨가쁘게 불러재끼고 있었다. 반주는 계속 뽕짝뽕짝뽕짝뽕짝 리듬을 맞추고 있었다. 어떤 사람은 거기에 맞춰 흥얼거리기도 했다. 점원들 역시 따라 부르면서 자기 일에 최선을 다하는 듯 보였다.

내가 가장 싫어하는 사람이 진정성이 느껴지지 않는 사람이다. 개그맨이 웃기는 데도 진정성 있게 웃기는 사람은 역시 성공한 희극인이라고 본다. 그런데 노래 역시 전혀 맛깔스럽지도 않고 진정성도 느껴지지 않는 목소리로 아무리 고음을 내지른들 무엇 하겠는가. 소음일 뿐이다. 너무 시끄러워서 장을 반도 덜 본 채 카운터로 왔다. 그런데 문제가 발생했다.

캐셔가 뭐라고 하는데 하나도 알아들을 수가 없었다. 음악이 너무 시끄럽기도 하거니와 바이러스감염 때문에 마스크를 하고 있어서 입모양을 볼 수가 없었다. 결국 캐셔에게 재차 물어보기 귀찮아서

"아, 네."

얼버무리고 말았다.

뭐라고 했을까? 공항에서 영어를 몰라서 자기를 잡아가겠다고 하는데도 오케이,오케이, 했다던 이야기가 떠올랐다. 문득 귀 어두운 채 말년을 보냈던 엄마 생각도 났다.

"뭐라꼬? 할매 냄새 난다꼬?"

목욕탕에서 어떤 아주머니가 한약 냄새 난다고 한 말을 엄마는 자격지심에 할매 냄새로 잘못 듣고 발끈한 것이었다. 온 목욕탕 안이 웃음바다가 되었는데 엄마는 얼마나 민망했을지 이제야 공감이 갔다. 만약에 되물었더라면 캐셔는 큰소리로 재불 뭐라고 얘기했겠지만 난 묻지 않았다. 귀찮기도 하거니와 음악이 너무 시끄러워 짜증이 나서였다. 내 욕을 했든 말든 상관없는 일이라고 치부해 버리련다.

개인 취향이고 점주 스타일이니 누구를 나무라는 게 아니지만 차라리 클래식은 아니더라도 잔잔한 음악이거나 윈가수가 가사에 담긴 뜻을 제대로 전달할 수 있는 목소리로 부른 노래를 깔아 놓았더라면 더 많은 손님이 더 오래 쇼핑을 하지

않았을까. 혹시 귀 어두운 어르신들이 점원에게 묻고 싶어도 묻지 못하도록 방어막을 친 느낌도 들었다. 못 들은 척하다가 불만을 토로하면 음악이 시끄러워서 못 들었다고 하면 그만이었다. 절대 죄송하다고 말 안 해도 될 것 같은.

묻지마관광버스에 올라 남녀혼성으로 이 살 저살 부비면서 영혼 없는 메들리노래에 맞춰 춤을 춰대는 느낌이 저런 걸까. 적재적소適材適所란 말이 이럴 때 쓰이는 말이지 싶다. 요즘 아무리 트롯가요가 대세라고 하지만 너무 심하다는 생각을 했다. 우리 엄마가 있었다면 캐셔에게 "뭐라꼬? 계산 잘 못됐다꼬?"라고 했지 싶다.

저 노래들이 휴게소나 관광지에서는 어울렸을 수도 있겠구나. 흥얼흥얼 따라 부르면서 차도 마시고 볼일도 본다면 흥은 나겠구나 싶은. 누가 뭐라 해도 제자리에 있어야 빛이 나는 법!

고맙소

요즘 가요 중에 '고맙소'란 노래가 김호중이라는 경연 가수를 통해 역주행 인기를 끌고 있다. 노랫말처럼 이 나이 되고 보니 '고맙소'란 말이 참 정겹게 들린다. 코로나19 바이러스로 가족들이 의기투합이라도 한 듯 혼연일체가 되어가고 있는 요즘, 가족의 소중함을 더 실감하고 있다고들 한다. 나도 요즘 들어 가족에 대한 불만보다 고마움을 더 생각하게 되었다. 물론 고마움을 모르는 바 아니었지만 입 밖으로 꺼내기가 쉽지 않았다. 특히 부부끼리는 사랑한다는 말만큼 쑥스럽고 어려운 게 고맙다고 말하는 것이다.

고맙단 말이 저절로 나오는 것을 보면 상대를 깊이 알게 되었다는 증거이다. 깊이 알되 속속들이 알이 영글듯 상대에 대한 마음이 영글어 간다는 것을 뜻한다. 이 나이 되어서야 고맙다는 말이 쑥스럽지 않아지다니. 남에게는 잘도 하는 말이 가장 가까운 가족에게는 참 소홀했던 말이다. 당연시해서 그랬던 것도 같다.

지난해 세상을 떠난 엄마 생각이 난다. 나는 엄마 마지막 가는 길에 고맙단 말과 사랑한단 말을 폭풍처럼 내뱉었다. 엄마는 치매임에도 방싯 웃으며

"그래. 나도 고맙데이. 사랑한데이."

화답해 주었다. 밥 한 숟갈 떠 넣어 주는데도 고맙다, 전화했다고 고맙다, 참 고마운 일도 많아하는 엄마였기에 이즈음 많이 생각난다. 그동안 감정에 소홀했던 나는 후회를 덜어내려고 마지막 인사처럼 고맙다는 말을 엄마한테 남발했던 것 같다. 진작 좀 해 줄걸.

얼마 전 남편이 퇴직하기 전 과정인 공로연수에 들어갔다. 평소에는 몰랐는데 남편이 집지킴이가 되자 남편의 고마움을 가끔 생각할 때가 있다. 옛날에 어떤 식당 주방 이모님이 한 말이 떠올랐기 때문이다. 그녀 남편이 대기업의 고위 간부로 일했는데 구조조정으로 다니던 회사를 그만두게 되었다고 했다. 그래서 자기가 대신 식당에 돈 벌러 나왔다고. 평생 돈벌이를 안 하고 여유롭게 살았는데 남편의 심정을 조금이나마 알아보고 싶어서 현장에 뛰어들었다고 했다. 그녀는 그동안 고생했고 고맙다고 말하면서 남편을 덥석 업어주었다고 했다. 어린 나이에도 그녀에게 존경심이 생겼다. 그녀를 보면

서 고마울 땐 고맙다고 말하자는 다짐을 했다. 시간이 지나고 나면 그 말조차 하지 못해 후회할지도 모른다는 생각이 들었다. 하지만 막상 말처럼 실천되지 않은 세월을 보냈다.

요즘 들어 몸이 자주 아파서 힘들어하는 나에게 남편은 운동을 권했다. 그 순간 서운함이 밀려왔다. 말투가 나를 서운하게 했던 것 같다.

"아프다 하지 말고 운동 좀 하지."

이런 식의 말이다. 서운한 맘에 오기 부리듯 운동을 시작했다. 시간이 지나고 어느 날,

"운동하고 나니 기분이 좋지?"

조심스레 한마디 건네기에

"다 당신 덕분이네요. 고맙소. 고맙소. 늘 사랑하오."

너스레 떨 듯 노래 불렀다.

말하는 순간 가슴 저쯤에서 무척 뭉클한 느낌이 올라왔다. 그도 좋아하는 듯 웃어 보였다. 그렇게 고마운 마음이 쌓이다 보면 은행 금고 속보다 더 탄탄한 관계가 쌓여질 것 같았다.

가장 가까운 사람에게 잘 해야 된다고 한 모임의 연장자 한 분이 말해 주셨다. 보통 여자들은 밖에 나가면 남편 험담을 하거나 신세 한탄을 하기 좋아 한다, 오죽하면 하겠냐마는 불만보다 만족하진 못하더라도 한 가지라도 고마웠던 순간을

떠올려보라는 것이다.

“같이 살아줘서 고맙고, 아플 때 함께 병원 가줘서 고맙고, 나보다 일찍 일어나서 출근 준비하고 수십 년 직장 다녀줘서 고맙고, 아프지 않고 건강해서 고맙고, 또 고맙고 고마워요.”

고마운 게 얼마나 많겠는가. 상대의 실수도 고맙다. 그것을 보고 나는 그런 실수를 하지 않게 해 주니 고맙지 아니한가. 더 나이 들면 내 옆에 있어 줄 사람이 누군지 안다면 함부로 대해서는 안 될 사람이 부부이다.

참 멀었죠?
여기까지 오는 길,
무척 힘겨웠을 텐데
동행하겠단 말보다 질책하고
불신했던 날들, 완전히
믿어 주지 못해 늘 미안한 맘
꽃바람에 날려 보내줘요 당신!
그래도 사랑하는 맘 더 크단 걸
알아채고 묵묵히 지내온 세월에
과감히 정점을 찍는군요
새로운 플랫폼에서 만나요 이제,
남은 길 같이 가야죠

기다림, 바람, 원망 등은 어둠에게
묻어두고 해 뜰 녘 만난
연인처럼 기차에 성큼 올라요
가볍게 몸 풀고 훌쩍 여행 떠나듯
새로운 삶 시작해 봐요 우리!
그동안 고생했고
몸 성히 잘 견뎌 줘서
고마운 당신!
지금부터 새로 사랑합니다

—졸시, 「당신이란 이름」 전문

남편이 퇴직 전 공로연수를 시작할 때 내가 써서 건넨 시다. 처음으로 쓴 헌시라 좀 부끄러웠지만 부부끼리는 누가 뭐래도 남 대하듯 좀 더 살갑게, 정답게, 대할 필요가 있다. 자꾸 하다 보면 습관이 되고 떠났던 정도 돌아올 것이다. 가장 가까워서 상처 줘도 괜찮다고 생각하는 사람은 바보이다. 가장 가까운 사람에게 받은 상처는 평생을 간다. 늙으면 두고 보자는 말이 괜히 나온 말이 아니다.

남자들이여, 여자들이여, 늙어서 후회하지 않으려면 지금, 고맙단 말 한번 건네 보시길. 돈은 아끼되 고맙다는 말은 두고두고 묻어두지 말고 헤프다 싶을 정도로 바로바로 쏴주시길.

위로慰勞

어느 날 친구들 모임에서 한 친구가 심각한 얼굴로 고민을 털어놓았다. 남편과 이혼하고 싶다는 것이다. 두어 시간 넘게 남편과 이혼할 수밖에 없는 이유를 늘어놓았다. 한 친구는 "그래도 참고 살아야지." 했고 다른 한 친구는 계속 맞장구를 쳤다. 또 한 친구는 "너도 잘 한 거 없다!" 단호하게 충고했다. 난 주제넘게도 "이혼해라."했다. 그때 난 미혼이었고 왜 저러고 살아야 하는지 이해가 되지 않았다.

30년이 넘도록 그 친구는 이혼도 하지 않았고 자식 낳고 알콩달콩은 아니더라도 무난하게 가정생활을 잘 꾸려나가고 있는 듯 보인다. 그때 그 친구가 우리에게 바라는 건 어떤 말이었을까? 진정한 위로란 해답이 없다. 그에 맞는 리액션(reaction)을 얼마나 잘 취해 주느냐에 달려 있다는 것을 뒤늦게 깨달았다. 우리가 해 준 모든 위로가 그 친구에겐 상처로 남았고, 아마도 오기로라도 잘 살아 보여야겠다는 다짐을 하지 않았을까? 이 글을 친구가 보게 된다면 그때 심정을 토로하지 않을까? 궁금하다.

어떤 개그맨이 진행자로서 인기를 끌 수 있었던 비결은 말을 남보다 잘해서도 아니고 리액션을 잘해서라는 것이었다. 일부러 하라고 해도 못하는 것이 리액션이다. 그는 타고나기를 남을 배려하는 성품이 밑바탕에 깔려 있는 사람이었던 것이다. 그래서 경청의 태도가 몸에 배어 있는 사람이었다. 친구가 진정으로 원하는 말을 어떻게 하라는 해답이 아니라 잘 들어 주는 것이었다.

위로란 그런 것이다. 시집살이에 적응을 못해서 너무 힘들고 지친 나머지 정신과 상담을 의뢰한 적이 있었다. 의사는 내내 이야기만 듣고 "그렇군요.", "힘들었겠군요."라는 말만 반복해대는 것이었다. 무슨 해답을 찾으려고 갔는데 처음에는 답답했다. 그런데 계속 이야기를 쏟아내다 보니 마음이 정화되는 느낌이 들었다. 이야기 도중에 심장이 멎었다가 어지럽고 구토도 났는데 마칠 때쯤 스트레스가 해소되는 기분을 맛보았다.

상담공부를 하면서 깊이 깨달은 것이 있다. 절대로 위로하겠답시고 충고를 하거나 정답을 앞세우면 안 된다는 것이다. 특히 부정적인 말을 하면 안 된다. 그러지 말라든가 그건 잘못되었다든가 하는 것은 오히려 상처에 소금뿌리는 격이다. 참된 위로란, 잘 들어 주기, 말없이 고개 끄덕여 주기, "아, 그랬구나.", "힘들었겠구나." 반응해 주는 것이다.

약속

아이들이나 반려동물에게 있어서 약속은 지키지 않으면 안 될 조약 같은 것이다. 더욱이 첫 약속은 그들과의 유대관계를 좌지우지한다. 특히 아이들은 부모의 약속을 믿고 인생의 첫 거래를 튼다. 아이는 약속을 지키지 않는 부모더라도 부모를 통해 처음으로 사회에 발을 내딛게 된다. 그런데 불신이 먼저라면 그 아이의 미래는 어떻게 될까? 부모가 무심코 지키지 못한, 혹은 않은 약속 때문에 가장 먼저 불신이란 감정을 맛본 아이는 좀 부풀린 것 같지만 분명 부정적 성향이 길러지게 된다. 상담 일을 하다 보면 이런 사례들이 더러 나오곤 한다.

"우리 애가 왜 이런지 모르겠어요."

한탄하지만 결국 부모가 아이 인생을 망친 셈이 되고 만다.

반려동물도 마찬가지이다. 간식을 주겠다고 하면서 온갖

훈련을 시켰는데 보상이 따르지 않으면 바로 말을 듣지 않는다. 사람을 무는 개는 대부분 주인에 대한 불신에서 비롯된 행동이다. 가끔 경계나 지나친 구속(묶여져서) 때문에 사나워지기도 하지만, 사람이 약속을 지키지 못해 일어난 불상사를 말 못 하는 짐승에게 덮어씌우는 격이 되는 것이다. 그래서 상담공부를 할 때 아이도 짐승도 감정이 있다는 걸 먼저 가르쳐준다. 절대 함부로 대하지 말라는 것이다.

얼마 전 친한 분과 만나기로 약속을 했다. 나에게 소중한 분이기에 같은 여자지만 네일 숍에 가서 손톱도 다듬고 미용실에 가서 머리도 새로 만지고 선물도 준비해서 약속한 날을 기다렸다. 그런데 전날 밤에 연락이 와서 부득이한 일도 아니고 친구와 덜컥 약속을 잡아버려서 나를 만날 수 없겠다는 것이었다. 다른 날 같으면 알겠다고 넘어갔을 텐데 화도 나고 서운하기도 해서 버릇없지만 따지듯 항변했다. 내가 늘 아프다고 하니 분명 내일도 아플 것이라고 생각했다는 것이다. 내가 평소에 얼마나 아픈 모습을 보였기에, 또 아프다는 핑계로 얼마나 쉽게 약속을 깼으면 무의식 속에 잠재된 나는 늘 아픈 사람이 되어 있었던 걸까?

'내일도 분명히 아프다고 할 거야.'

이런 생각을 갖고 계셨던 게 분명하다. 그분이 약속을 깬 밑바닥에 나에 대한 불신이 깔려 있었다고 생각하니 마음이 무거웠다.

약속은 어쩌면 일방적이다. 내가 너를 만나겠다, 내가 너에게 무얼 해 주겠다, 강자가 약자에게 선포하듯 거래를 해오는 것이다. 약속을 깨는 것도 마찬가지다. "애들아, 엄마가 깜빡했다." 하면 끝이다. 그때부터 아이는 부모에 대한 믿음이 불신으로 넘어가고 만다. 그 순간부터 소리 없는 반항심이 길러진다는 것을 그들은 감히 모르고 있다가 폭탄을 맞게 된다.

사회생활도 마찬가지라고 본다. 약속은 깨라고 있는 것이라고 누가 농담처럼 말한다. 첫눈 올 때 만나자는 것도 아니고 몇 년 뒤에 갚겠다고 빌려간 돈도 아니고 만날 때마다 밥 한 번 먹자던 어떤 사람처럼 실없는 사람이 되지 않으려면 바로 눈앞의 약속은 바이러스 같은 천재지변이 아니면 지켜야 할 의무 같기도 하다. 약속을 자주 어기면 "당신은 원래 그런 사람이잖아."라는 낙인이 찍힐 수도 있으니까.

하루 늦게 가는 인생

바쁘게 살다 보면 뒤돌아볼 새 없다는 말이 저절로 나온다. 현대를 살아가는 사람이라면 누구나 하루쯤 푹 쉬고 싶다는 말을 입에 달고 살 것이다. 막상 쉴 시간이 주어진다면 어떻게 쉴까? 망중한忙中閑을 즐길 줄 모르는 사람들의 삶에서 푸근한 휴식이란 어떤 뜻일까. 하던 짓도 멍석 깔아놓으면 못한다고 쉬고 있으면 왠지 도태되는 기분이 든다고들 한다. 물론 다 그런 것은 아니지만 일중독에 빠진 사람들을 말하는 것이다.

시골버스를 타고 가보자. 이 골 저 골 다 돌아 나오면 집까지 가는 데 반나절이다. 버스 안에서 떠는 수다는 활력소가 된다. 창밖 구경은 계절의 변화를 몸으로 마음으로 느끼게 해줘서 정서나 스트레스 해소에도 좋다. 농사를 짓는 농부의 경우를 예로 들어보겠다. 일을 하다가도 밭고랑 끝에 앉아 옷고름 젖히고 쐬는 산들바람이거나 맛있는 새참 시간 등에서 바쁜 것 같아도 바늘귀에 실 매어 쓸 수 없듯이 천천히 가고자 하는 미학이 깃들어 있다. 그들을 보면서 나도 느낀 게 많다. 하루쯤이야 쉬어간들 어떠랴 하고.

결혼한 뒤로는 한 해도 빠짐없이 기름을 짜러 재래시장에 있는 기름 방앗간에 간다. 가을이면 시골에서 사 온 깨를 들고 시골 장터를 찾아가노라면 느긋함에 마음은 안정을 되찾는다. 사람들은 아까운 시간에 방앗간에 앉아 할머니들이나 할 일을 한다고 나무라기도 한다. 방앗간은 여름이든 겨울이든 대문을 활짝 열어놓는다. 그래서 바깥이 환하게 보인다. 기름 짜는 기계는 어딜 가든지 문 입구에 위치해 있기 때문에 내 자리는 그 근처이다. 좀 넓은 방앗간이면 평상이 있거나 아니면 플라스틱 의자가 손님용 자리이다. 깨를 씻고 건지고 물을 빼는 동안 걸리는 시간도 한참이다. 어떨 땐 주인 대신 내가 직접 씻어 조리로 건지기도 한다. 주인은 짬짬이 곡류나 짜놓은 기름을 팔기도 하고 진열용 기름을 짜기 위해 구석에 있는 깨 자루에서 됫박으로 깨를 꺼내 무게를 달아 물에 담가 두기도 한다. 그러면서도 귀나 코는 깨 볶는 솥에 가 있다. 냄새로 깨 튀는 소리로 깨가 다 볶아졌는지 알아낸다. 그들의 행동은 일사불란하다. 보고 있자면 시간은 언제 가는지 모르게 떡하니 기름병이 내 눈앞에 놓여진다.

어떤 방앗간에는 -오랜 단골이었는데 지금은 없어져서 단골을 바꾼 상태이다.- 예쁘장한 여주인이 방앗간을 혼자 운영하는데 갈 때마다 자신의 과거 레퍼토리를 늘어놓는다. 청춘에 혼자되어서 딸 둘을 키우는데 큰딸은 교사가 되었고, 작은딸은 대학 졸업반이라고 작은딸만 직장을 잡으면 방앗간도 곧 그만둘 거라고 한다. 애인도 있는데 재혼은 절대 안 할 거라고 당당하게 밝히기도 한다. 내 대꾸는 언제나 한결같다.

"대단하시네요."

엄마의 단골 방앗간이었는데 처음엔 쑥스러워서 엄마랑 같이 다니다가 엄마가 다리가 불편해지면서 혼자 다니게 된 곳이었다. 아쉽게도 문을 닫는 바람에 다른 시장으로 옮겼는데 지나치게 조용한 주인은 자기 일에 열중이다. 난 기름이 다 짜질 동안 들고 간 잡지를 보거나 지나가는 사람을 구경하거나 먼 풍경을 살피기도 한다. 바짝 야윈 주인장의 카리스마가 장난이 아니다. 자긍심을 넘어서 도도하기까지 하지만 거들먹거리지 않아서 좋다. 누구든 거들먹거리거나 빈정대는 말투로 끼어들면 정말 기분 상한다. 좁은 시장 통에서 기름집을 하다 보면 산전수전 공중전까지는 아니더라도 별별 사람들을 다 만날 터인데 요식업에 종사하는 사람들이라면 차라리 말수 적은 게 낫다. 침 튀겨가며 이야기해대면 어디로 튈지 모르는 파편 때문에 여간 신경 쓰이는 게 아니다.

바쁠 거 없다. 뭐든 천천히, 방앗간에서는 무한한 기다림이 필요하다. 하루쯤이야 마음을 내려놓고 이런저런 평소와 다른 일상을 맛보는 것도 좋겠다. 따지고 보면 삶이란 죽음에 이르는 길이다. 오던 길 뒤돌아보기도 하고 가던 길 쉬어가기도 하면서 좀 호젓이 가보자. 방앗간 드나드는 일이 굳이 하릴없는 노인들의 일만은 아니듯이.

고향 소식

"야야, 꽃에 묻혔다!"

엄마의 감탄 섞인 목소리에 봄이 따라붙는다. 엄마의 말대로라면 꽃대궐이란 말이 괜히 붙여진 게 아니다. 고향산천은 오 월의 신록과 더불어 온갖 꽃들로 잔치 중인 게 분명하다. 엄마는 이른 봄이 시작되면서부터 끊임없이 고향 소식을 전해 준다. 언제나 봄꽃향기가 묻어나는 소식부터 여름꽃이 꽃망울 내미는 여름을 시작으로 고향의 봄날은 간다. 구순 넘은 엄마가 저토록 기운이 넘쳐나는 이유는 단 한 가지! 전원으로 돌아가서 살기 때문이다.

이런저런 이유로 그토록 그리워하던 고향으로 돌아간 엄마와 큰오빠네는 농사에 열심이다. 곧 돌아가실 것만 같았던 엄마는 몇 년째 너무나 기운이 넘치신다. 아파트란 공간에서 아들, 며느리와 서로 부대끼며 살던 때와 달리 농촌은 문만 열고 나가면 놀든 일을 하든 '내 것'이 있으니 부딪칠 일이 거의 없다고 한다. 그 바람에 엄마는 자부심도 생기고 자존감도 많이 높아졌다.

"내 없음 암 꺼도 안 된다."

말을 당당하게 내뱉는다. 엄마도 당신 밥벌이 정도는 한다는 말로 들린다. 알고 보면 다 한 가지 일에 매달리는 격이다. 한 밭에서 아들은 구덩이를 파고 엄마는 모종을 놓고 며느리는 흙을 덮는다. 그 위에다 또 물주는 일은 아들의 몫이다. 즐거운 분업이 아닐 수 없다.

피눈물로 먹을 갈아 친정 부모님께 편지를 썼다던 어느 할머니의 젊은 날 시집살이처럼, 엄마의 젊은 날은 층암절벽 끝에 서 있는 절망의 날들이었다. 아버지가 돌아가신 뒤, 얼떨결에 칠 남매의 가장이 된 엄마의 나이는 고작 쉰이었으니. 아버지가 남기고 간 정미소 일하시랴 자식들 뒷바라지하시랴 어느 하루도 편할 날이 없었던 엄마는 자식들을 도시로 보내서 출세시키는 게 소망이었다. 하나둘 자식들은 떠나고 홀로 고향 정미소를 지키던 엄마는 이른 새벽에 텃밭에 나가 손수 채소를 기르셨다. 이슬 머금은 채소처럼 엄마 눈엔 자주 눈물이 그렁그렁했던 모습을 본 기억이 어렴풋이 난다. 그때마다 먼저 간 아버지를 몹시도 원망했을 것 같다는 생각이 이제야 든다. 그래도 맏아들인 큰오빠는 엄마를 지키겠다고 읍에서 공무원으로 남았다. 큰오빠도 가정이 생기고 자식을 키우면서 도시로 나가길 원했던 것 같다. 그 순간, 물레방아에서부터 원동기를 돌려서 방아를 찧던 엄마의 삶은 한 가족의 역사 속으로 어쩔 수 없이 사라질 수밖에 없게 된 것이다. 없는 살림을 트럭에 싣고 뒤따라 도시로 나오던 날, 철없는 우리는 널뛰듯 좋아했다. 엄마는 돌아보고 또 돌아보고 눈물을 삼키셨다고 아주 오랜 세월이 흐른 어느 날, 조심스레 입을 여셨다. 아무리 힘들었어도 고향을 등지고 떠난다는 것은 뿌리 뽑힌 나무 한 가지인 것이라고 했다. 그 세월을 도시에 뿌리내리지 못하고 갈등 속에서 삶을 보내야 했던 엄마의 고통을 우리 칠 남매는 깊이 헤아리지 못하고 사느라 바빴다. 구순을 앞둔 엄마는 몸이 쇠약해질 대로 쇠약해져서 곧 세상을 떠날 것을 예견한 듯 귀향하고 싶어 했다. 그제야 엄마의 지난한 삶을 알 것 같았다.

그러고 보면 동서 팔방이 확 트인 농촌은 엄마뿐 아니라 젊은 우리에게도 자연과의 교감을 일어나게 해 주었다. 자연과 더불어 사는 일상은 이 때문에 매우 자유분방해지는 것이다. 순리를 거스르고는 결코 만끽할 수 없는 묘미가 있다. 농촌은 시기를 놓치면 수확을 기대해선 안 된다. 나름 부지런하지 않으면 자연은 어긋난 약속처럼 우리를 기다려 주지 않는다는 것을 깨닫게 해 준다. 반면 망중한忙中閑이 없다면 농촌은 오아시스 없는 사막일 것이다. 이른 아침부터 분주히 오전 일을 끝내면 시원한 막걸리 한 잔의 여유가 기다린다. 작물이 잘 자라기 위한 땡볕은 농부들에겐 휴식 시간이다.

"쑥쑥 잘 자라라."

이 한마디면 자라는 식물에 대한 충분한 관심이리라. 바쁜 가운데 여유를 즐기고 더불어 향유할 수 있게 해 주는 곳이 농촌이란 걸 예전에는 왜 몰랐을까? 큰오빠네는 텃밭 가꾸는 일을 잠시 쉬는 동안 고기를 잡으러 강으로 가거나 산나물, 산더덕 등의 약초를 구하러 산으로 가기도 한다. 그 잠깐 사이 산나물이 한 바구니나 된다. 덤으로 산더덕이나 산도라지도 눈에 띈다. 그동안 구순 넘은 엄마는 정자에서 아들 내외를 기다리며 동네 어르신들과 주전부리를 나눈다.

농촌이란 겉보기엔 수더분하지만 직접 들어가 보면 깊은 숲처럼 신비로 뒤덮여 있다. 뙤약볕의 인고忍苦를 견뎌내지 못하면 살아남을 수가 없기 때문이다. 정성을 다하지 않으면 어떤 결실도 내 것이 될 수 없는 매정함이 도사리는 곳이기도 하다. 겉만 보는 사람들은 대부분 농촌 생활을 꺼려한다. 농촌에서 농사를 짓는 일은 마지못해 선택해야 하는 최후의 보루쯤으로 생각한다. 농촌은 어쩌면 유배지 같은 곳이기도 하니까.

꽃이나 순을 따 주지 않으면 열매 맺지 않는 작물의 희생에서 쉘 실버스타인의 '아낌없이 주는 나무'가 떠올랐다. 지난 늦봄, 친정에 갔다가 얼마나 예쁘고 가녀린지 따기에도 아까운 감자꽃을 따면서 미안하단 말을 연발하기도 했다. 뒷문 밖에서 넌들넌들 자라는 감자며, 고구마, 방울토마토, 물외 등이 무럭무럭 자라는 걸 한눈에 보노라면 온갖 시름이 사라진다는 것을 이제는 알겠다. 보고만 있어도 치유가 되는 농촌에서 엄마는 평화롭게 잠이 드셨다. 더 마음껏 즐기시라고 집이 보이는 뒷산에 묘를 썼다. "너거 밭에 고구마가 마이 컸더라. 기심이 얼마나 많은지 오래비캉 너거 언니캉 내캉 한나절 뽑다 왔다." 하는 말이 귓전에 맴돈다.

지난해는 그 귀하다는 나팔꽃을 꼭 빼닮은 고구마꽃이 피어서 동네방네 떠들썩했다. 백 년 만에 피는 꽃이라고 했고 좋은 일이 생길 징조라고도 했다. 겨우내 꽁꽁 얼었던 땅이 녹으면서 땅속 깊은 곳에 자리 잡은 뿌리에도 촉촉이 물이 오른다. 어느덧 새순이 돋고 가지마다 한 송이씩 엄나무 순이 피어나면 때맞춰 전해오는 고향 소식. 언덕 위에 하얀 집은 아니더라도 주말주택이라도 짓고 싶은 마음 하나로 단꿈에 빠져들곤 한다.

쿵쿵 소리

우리 집에서 쿵쿵 소리가 난다고요? 그럴 리가요.

아래층에서 그러더란다.

당황해서 미안하단 말부터 했다는 남편을 다짜고짜 나무랐네.

아이가 쿵쿵 소리에 깜짝깜짝 놀란다는 거야.

내가 들었으면 꼼꼼하게 확인했을 텐데

남자들이란 덩더꾸이*라고 핀잔을 줬더니 자기도 당황해서 그랬단다.

다음에 만나면 우리 집에는 아이도 없고,

쿵쿵 소리 낼 사람이 없다고 얘기하라고 일러 줬지.

차라리 찾아갈까? 하니 민감한 사안이라 자칫 싸움 난다고 참으란다.

주로 어디서 나는 소리냐고, 시간대는 언제며, 어느 정도의 울림인지, 빠르게 쿵쿵인지 느리게 쿠웅쿵인지

연속음인지 끊겼다가 나는지 구체적으로 물어봐야 한다고 거품을 토하며 몇 날 며칠을 반복했어.

그래야 우리 쪽에서 제대로 된 답변을 할 수 있는 거라고 하니

다음에 또 말할 때까지 기다려 보자고 하네?

그 말에 더 찝찝해서 잠도 못 자고

쿵쿵 소리를 찾아 온 집안을 쿵쿵거리며 돌아다녔어.

어디도 쿵쿵거릴 만한 건더기가 없는데 아랫집 벽에 고양이 같은 동물이 살고 있는 거 아닐까?

살려 달라고 쿵쿵쿵 벽을 치는 것일 수도 있는데

새 아파트니까 충분히 그럴 수 있다고 말해 줄까?

겁먹고 이사 가라고.

넓은 집도 아닌데 장롱문도 열어보고

싱크대 문도 열어보고 벽도 쿵쿵 두드려보고

도대체 어디서 소리가 난다는 거야?

하루에 수차례씩 미친개처럼 쿵쿵 소리를 찾아

킁킁거리며 돌아다녔네.

그러다가 쿵쿵, 쿵쿵 손은 잠시도 가만있지 못하고

수박통 두들기듯 두드려대는 버릇이 생겨났지

뭐야.

여기니? 쿵쿵! 아니면 여기니? 쿵쿵!

미결된 문제는 풀어야 직성이 풀리는 성미가 문제라지만

잘못한 게 없는데

그놈의 쿵쿵 소리 때문에 우리 보고 뭐라는 거야?

새파랗게 젊은 사람이 제대로 알아보지도 않고

우리 집이라고 단정 짓다니 자기가 형사야 국과수야 뭐야.

별일 아닌 듯 넘기는 당신이 더 문제야.

따져야지 꼼꼼히,

뭐든지 짚고 넘어가는 게 이기는 거야.

꼭 이겨버리고 말 테야.

한 보름 지났으려나, 승강기에서 우연히 그들을 만났네.

나보다 스무 살은 어리지 싶은 그들이지만 정중히 인사부터 하고

자초지종을 물었지.

어디서 나나요?

그의 아내는 무뚝뚝하게 안방과 거실.

딱 잘라 말하데?

아, 네. 주로 몇 시에?

새벽과 한밤중.

대변인처럼 그의 아내의 초간단 답변.

매우 귀찮은 표정이지 뭐야.

제기랄. 결국 양쪽 모두 우리 위층에게 떠넘기고 해결 봤

는데

도대체 쿵쿵 소리가 어디서 난다는 거야?

* 아무것도 모르면서 끼어드는 사람

요리의 즐거움

반찬을 하다 보면 먼저 재료의 효능이 궁금해진다. 어릴 땐 멋모르고 맛만 좋으면 먹던 것들이 청춘을 벗어나면서부터는 몸에 해로운 것보다 몸에 이로운 것을 찾게 된 걸 보면 나이 들었음을 실감한다. 결국 맛보다 질을 따지게 되는 것이다. 이왕이면 다홍치마라고 몸에 좋고 맛도 좋으면 금상첨화겠지. 인터넷을 뒤적거려 가장 맛있어 보이는 요리법을 익힐 때가 즐거운 건 인생의 참맛을 알아간다는 것이기도 하다.

여름 반찬으로는 가지가 제격이다. 자줏빛 도는 열매가 몸에 좋다는 건 익히 알고 있는 터. 요놈의 가지는 너무 빨리 자라서 텃밭이 복잡할 지경이라며 언니가 주말이면 여남은 개씩 공수해온다. 마트나 장에서 샀더라면 한 번씩 썩혀 버릴 일이다. 언니가 직접 농사 지어 가지고 온 거라 그 공이 가상하여 허투루 버릴 순 없다. 가지 꼭지는 별도로 햇볕에 말렸다가 겨우내 차로 우려 마실 작정이다. 가지는 성질이 급한 채소 같다. 며칠만 묵히면 수분이 날아갈 뿐만 아니라 껍질이 질겨져서 음식을 해 먹기엔 부적합하다. 그래서 건조기에 일부는 말리고 일부는 볶거나 쪄서 무쳐 먹는다.

반찬을 아셔먹을 줄 아는 나 같은 사람과 같이 사는 식구는 행운이라면서 자화자찬을 꼭 얹어 준다.

"맞다. 맞다."

맞장구쳐 주는 식구가 있어 밥상머리는 가끔씩 즐거움을 몰고 오기도 한다. 나는 먹지 않더라도 내가 해 주는 음식을 누군가 먹어 준다는 건 야릇한 기쁨을 준다는 것을 터득해 나가는 중이다. 이렇게 하루하루가 즐거움으로 가득하다면 사는 게 무슨 걱정이랴. 나는 반찬을 해서 즐겁고 식구들은 먹는 입이 즐겁고 그러고 보면 먹는 일이 삶의 반이다. 세상일도 중요하지만 먹는 일도 그만큼 중요하다는 결론이다. 오늘 저녁은 또 어떤 요리로 식탁을 풍성하게 해 줄지 고민하는 것은 이제 여자만의 몫이 아닌 시대가 왔다. 퇴직한 오빠 한 명은 요리를 배워 주방을 들락거리며 재미나게 살아가고 있다. 남편에게도 차차 요리의 즐거움을 가르쳐서 안방마님처럼 식탁에 앉아 밥 받아먹을 날을 고대해 본다. 하지만 당장 오늘 저녁식사 걱정은 내 몫이다. 즐겁게 고민해 보리라.

인색하다는 말

쓸쓸이가 약한 사람을 인색하다고 한다. 물질적인 것도 있지만 주로 마음 쓸쓸이를 말할 때 쓰이는 말이다. 부부간에 있어서 인색한 사람을 반려자로 맞았다면 매 순간 답답하고 악연처럼 느껴질 때가 잦을 것이다. 한 쪽은 우물이 마를 때까지 퍼줘도 받는 사람이 인색하면 늘 당연하게 생각하고 고마움을 모른다. 한 이불 덮고 사는 사람이 남이나 다름없으니 그대가 곁에 있어도 외로울 것이다. 사랑이든 음식이든 주거니 받거니 하는 재미가 사는 맛 아닐까.

결혼생활이 깊어질수록 허전하거나 외로움이 많아진다. 그럴 때마다 떠오르는 단 한 사람이 바로 엄마이다. 엄마는 구십 평생 외롭거나 슬퍼할 여가가 없이 살다 가셨다. 엄마는 일손을 놓으면서 많이 외로워하셨다. 아버지가 돌아가셨어도 티를 내지 않으셨다. 엄마에 반해 아버지는 지독한 이기주의

자셨다. 그럼에도 바깥에선 평생을 호탕하게 살다 가셨다고 한다. 어릴 때 세상 뜨셨으니 나는 잘 모른다. 아버진 달궈진 인두처럼 옆에 서기조차 두려운 존재로 만들어 놓았다. 말 한마디 다정하게 건넬 줄 모르던 인색한 아버지. 늘 기생집 사랑방에 앉아 계셨던 아버지. 아버지를 부르러 가곤 했던 기억이 난다. 난 아버지 집이 거긴 줄 알았다.

어릴 때 엄마는 정미소에서 일하느라 바빴고 가끔씩 손이 딸릴 때면 어린 나에게 한 되짜리 양은 주전자를 들려 막걸리를 사 오라고 했다. 그럴 때면 엄마는 다리 건너 있는 술도가는 멀다는 이유로 조금 비싸지만 삼거리에 있는 기생집으로 심부름을 보내곤 했다. 엄마는 아버지가 거기 계신 걸 알면서도 날 보냈다.

지금 생각해 보니 콩알만 한 딸에게 심부름을 시키자니 안쓰러웠던 게다. 어린 내 손에 들린 막걸리 한 되는 제법 무거웠던 기억이 난다. 아버지가 거기 계신 것이 어색하진 않았던 기억도. 그냥 아버지가 어디에든 계시다는 게 안심되었던 것 같다. 기생집 포주가 아버지 유였던 것 같다. 가보면 언제나 아버지 헛기침 소리와 유생이랍시고 몇이 앉아 주절주절 시절 얘길 나누거나 한시를 읊어대곤 하셨다. 아버지는 지역의 유생이셨다. 가족에겐 인색하셨던 아버지는 정치에 관심을 쏟으셨고 주머니는 입보다 더 크게 열어 놓았던 모양이다. 재주는 곰이 부리고 돈은 되놈이 가져간다고 아버지는 정미소는 엄마에게 맡겨 놓고 가장 역할은 돈주머니만 차고 있으면 된다는 주의셨다. 아버지 형제, 조카, 하물며 동네방네 퍼줘도 엄마나 자식들에겐 지나치게 인색한 아버지는 자식들의 학교 교육조차 소홀하셨다. 그래서 엄마는 더 열심히 사셨던 것 같다.

"독립운동하는 사람이 제 가정 돌보는 거 봤냐?"

어린 나이에도 아버지의 한마디는 일리가 있어 보였다. 아버지는 그런 분이셨다.

그때 엄마 나이가 되고 보니 엄마가 얼마나 외로웠을지 짐작이 간다. 인색한 아버지 옆에서 옆구리가 시리도록 허전했을 것이 분명했다. 살다 보니 옆구리가 허전하지만 않았으면 좋겠다는 생각을 간간이 한다. 부부의 정이 별거던가. 그냥 조금만 배려해 주고 손 내밀어 주고 수긍해 주면 그만이다. 이 나이에 사랑 타령은 미친 놀음이고, 마음 한자리 편안하게 내어 주는 사람이면 결코 인색한 사람은 아닌 거다.

어느덧 예순이 다 돼 간다. 사위를 나무라 줄 부모도 없고 날 야단칠 시부모도 없다. 남편만이 내 인생의 든든한 지원군일 것 같은데 무언가 개운하지 않다. 그것은 서로가 마찬가지인 것 같다. 은근슬쩍 눈치 보는 남편이 귀엽기도 하고 어깨가 으쓱해질 때도 있다. 그만큼 상대가 나를 존중해 준다는 뜻으로 오해하고 말면 편해지는 게 부부간의 삶의 방식이기도 하다. 그럼에도 바라는 게 가득이어서 그런지 몰라도 그는 늘 나에게 인색한 느낌이 든다. 그늘을 온전하게 내주는 법이 없고 우산을 넉넉하게 받쳐 주는 법이 없다. 가뭄에 단비처럼 적재적소에 나타나 주지도 않는다. 그런데 바꿔 생각해 보니 나도 그런 것 같다. 남에게는 배려심 많다는 소릴 들으면서도 남편에게는 퉁퉁거리기나 하고 요구나 불만이 늘어난다. 그럴 때마다 일일이 대꾸 안 한다고도 불만이다. 너무나 어리석은 행동이다. 제 살 파먹는 것도 아니고 가장 가깝고 믿고 살아야 할 사이가 부부 아니던가.

길을 가다가 보면 나란히 손잡고 다니는 남녀를 보면 분명히 불륜이라고 곁눈질한다. 뚝 떨어져 남처럼 걸어가는 남녀는 부부라고 확신한다. 잘못된 생각이다. 이불 속에서야 무슨 짓을 하든지 알 바 아니다. 밖에서라도 서로에게 예의 갖춰주고 적당히 다정해 준다면 참 괜찮은 부부가 아닐까? 그러려면 내가 먼저 다가가야 한다. 그래도 안 되면

"에잇, 살지 말까, 엄마."

엄마 무덤에다 대고 물어봐야겠다. 엄마는 분명

"그라이 우야겠노, 참고 살아야지."

할 게 뻔하다. 윗세대는 그렇게 살아왔더라도 우린 그러지 말자고 오늘 밤 은근히 말해봐야겠다.

'서로에게 인색한 사람이 되지 말자.'

지금부터 내 좌우명이다.

술

마흔 전에는 어디서든 술 잘 한다는 소릴 듣곤 했다. 술 잘 한단 말은 술이 세다는 말이다. 여자가 뭐 자랑이라고 그런 소릴 듣고 다니느냐고들 한다. 그게 흉이라고 생각하진 않는다. 주법만 잘 지키면 남녀 구분할 일이 아니다. 누구처럼 주색잡기놀이하는 것도 아니고 문학을 얘기하는 문청시절이 술이 없었다면 회자가 되었겠는가. 술 한 잔에 가난도 잊고, 술 한 잔에 시인이 되어 있던 시절이 아니던가.

내가 술을 마신 지는 열두어 살 때부터지 않을까? 정미소집 딸로 자라면서 일손이 모자라 술심부름은 내 차지일 때가 많았다. 더운 여름날 뙤약볕을 이고 지고 술을 받으러 1키로는 넘는 거리를 자박걸음으로 다녀오자면 여간 힘든 게 아니었다. 체구는 작은데 술주전자는 땅바닥에서 자석처럼 끌어당기기 일쑤여서 반은 주전자 주둥이로 빠져나가고 반은 목마름에 내 목구멍으로 넘어가고 3분의 2 정도만 배달되어졌던 막걸리. 얼굴이 빨개져서 온 딸을 보고 더운데 고생했다던 엄마. 엄마가 왜 몰랐으랴. 더워서 빨개진 얼굴과 술이 올라 빨개진 얼굴을. 엄마는 너그럽게 봐 주었다. 어린 딸의 작은 반란을. 술은 그렇게 내 몸 안으로 들어오기 시작했다.

김유정의 『동백꽃』 속 점순이처럼 산골에 살면서도 조숙한 소녀로 성장할 수 있었던 것도 내가 생각하건대, 술 때문인 것 같다. 특별한 문화 혜택이 없던 시골에서 놀이는 어른 따라 하기밖에 없었다. 부모님들이 마시는 술, 언니, 오빠들이 마시는 술 문화를 어린 동생들이 따라 하게 되면서 정신적으로 조숙해진 게 아닌지 유추해 본다. 6학년 졸업식 때도 별 생각 없이 친구들과 모여 졸업 기념 술잔치를 벌였던 기억이 난다. 지금 생각해 보니 어른들도 별짓 힐 거란 의심 없이 자기들도 그랬으니까 순순히 봐주었던 것 같다. 참고로 산골 산다고 모두 그랬다는 것은 아니고 대부분이란 전제를 굳이 달고 싶다. 청소년기에는 나에게 주어진 특권 하나가 바로 문학과 술은 껌딱지처럼 따라다닌다는 것이었다. 아무도 뭐라고 하지 않았고 내 주량은 아버지를 뛰어넘을 것도 같았다. 술만큼 문학은 성숙해지지 못했지만 배신하는 사람보다 늘지 않는 시보다 술이 더 좋았던 시절도 있었다는 게 추억담으로 남아 있어서 좋다.

이제는 술 잘 한다고 어디 가서 말 못 한다. 술자랑은 할 게 못 된다는 것을 예순이 다 되어가는 지금에야 알았다. 요즘은 막걸리 한두 잔, 소주 서너 잔으로 술자리를 빛내는 교양 있는 중년을 보내고 있다. 교회 나가는 한 사람이 그랬다. 예수님도 남에게 피해 안 가도록 마시는 술은 괜찮다고. 그런데 술이란 게 흥을 부르니 절제가 잘 안된다. 차라리 마시지 말라는 소리나 마찬가지라고 웃어넘긴 적이 있다.

술은 마셔서 기분 좋을 정도가 주도酒道의 기본이라고 하니 와인잔 기울이는 저물녘 식탁도 멋지지 않은가. 이 정도로도 충분히 즐거운 시간이 아니겠는가.

| 에필로그 |

어느덧 사계절이 지나가고 있다. 첫눈을 기다리다가 잠들었는데 눈 떠보니 온 세상이 하얗다. 눈은 왜 한밤중에 와서 가슴 앓이 하게 만드는지 모르겠다.

기다리던 첫눈처럼, 자느라 보지 못한 첫눈처럼, 나도 모르는 아쉬움이 가득이다. 그런데도 차마 돌이킬 수 없는 시간들이 가로놓여 있어 그냥 기다려보련다. 내년에 올 첫눈을 기다리듯 한동안 모른 체하련다.